CB141092

O BABBO COM ALZHEIMER

Uma anatomia do amor

Copyright Alexandra Amadio Belli©, 2022
Todos os direitos reservados

EDITORES: Laerte Lucas Zanetti e André Assi Barreto
COORDENADOR DE PRODUÇÃO: Laerte Lucas Zanetti
CAPA, DIAGRAMAÇÃO E PROJETO GRÁFICO: Spress
REVISÃO DE TEXTO: Juliana El Taouil Azar
REVISÃO DE PROVAS: André Assi Barreto
IMAGEM DE CAPA: aquarela de Sandra Augusto Silveira Ferreira.
IMAGEM DO COLOFÃO: Fotografia de Virginia Woolf por George Charles Beresford, 1902
IMAGENS DE ABERTURA: Anna Lia Amadio Belli e Miguel Antonio Cristofani Belli

Dados Internacionais de Catalogação na Publicação (CIP)
Angélica Ilacqua CRB-8/7057

O babbo com Alzheimer : uma anatomia do amor / organizado por Alexandra Amadio Belli. – São Paulo : Linotipo Digital, 2022.
192 p.

Autores: Alexandra Amadio Belli, Anna Lia Amadio Belli, Ernane Rodrigo Rijo Borges, Lia Pinheiro, Maisa Fagundes Paula

ISBN 978-85-65854-32-0

1. Alzheimer, Doença de 2. Alzheimer, Doença de - Pacientes - Relações com a família 3. Alzheimer, Doença de - Pacientes - Cuidado e tratamento I. Belli, Alexandra Amadio

22-3157 CDD 616.8311

Índices para catálogo sistemático:
1. Doença de Alzheimer

Este livro segue as regras do Acordo Ortográfico da Língua Portuguesa, em vigor desde 01/01/2009.

Nenhuma parte desta publicação pode ser reproduzida ou transmitida de qualquer forma ou por quaisquer meios sem a permissão por escrito dos editores.

2022
Todos os direitos desta edição reservados à Linotipo Digital Editora e Livraria Ltda.
Rua Álvaro de Carvalho, 48, cj. 21
CEP: 01050-070 - Centro - São Paulo - SP
www.linodigi.com.br - 55 (11) 3256-5823

ALEXANDRA AMADIO BELLI
Organizadora

O BABBO COM ALZHEIMER
Uma anatomia do amor

Alexandra Amadio Belli . Anna Lia Amadio Belli .
Ernane Rodrigo Rijo Borges . Lia Pinheiro .
Maisa Fagundes Paula

Linotipo Digital
São Paulo
2022

O BABBO COM ALZHEIMER

UMA ANATOMIA DO AMOR

ALEXANDRA AMADIO BELLI

ORGANIZADORA

ALEXANDRA AMADIO BELLI . ANNA LIA AMADIO BELLI
ERNANE RODRIGO RIJO BORGES
LIA PINHEIRO . MAISA FAGUNDES PAULA

Viver e não ter a vergonha
De ser feliz
Cantar, e cantar, e cantar
A beleza de ser um eterno aprendiz

– Gonzaguinha

SUMÁRIO

PARTE II

PREFÁCIO

Este livro é a expressão de uma emoção muito boa de sentir, o amor de uma filha por seu pai, que, por ser italiano, será mencionado como *babbo*. A princípio, foi pensado para eternizar essa pessoa maravilhosa, que tem o poder de fazer emergir o melhor de nós, talvez aspectos dos quais nem mesmo temos consciência.

Contudo, por ele estar vivendo o Alzheimer, considerei também ser motivo de interesse as evidências científicas sobre a doença, como o conceito, o quadro clínico e sua classificação, a fisiopatologia, os biomarcadores genéticos, os fatores de risco, o diagnóstico e o diagnóstico diferencial, o tratamento, o prognóstico, o comprometimento e os cuidados com relação à nutrição desses pacientes, os cuidados de cuidar de quem cuida deles, entre outros fatores!

Seguiram comigo neste projeto a minha filha Anna Lia Amadio Belli, graduanda de medicina, os psicólogos e amigos Lia Pinheiro e Ernane R. R. Borges, e a nutricionista que atende meu *babbo*, a querida Maísa Fagundes Paula.

O livro traz uma combinação de emoção e ciência, e foi proposto a todos aqueles que conhecem o *babbo* ou que estejam vivenciando o Alzheimer de alguma forma, pois poderão travar discussões e reflexões acerca da vida e do início da morte!

Li e reli diversas vezes as memórias que escrevi para preparar o texto que ora escrevo. Noto que há neles um exagero e uma explosão de emoções, mas não são forçadas, então me convenci de que isso não será um problema, estou apenas compartilhando com vocês a felicidade de ser filha do Amadio!

Juntos, acredito que esta obra contribuirá muito para o questionamento do que consideramos necessário ou até mesmo vital para viver. Qual é o propósito da vida? E o quão significante é o amor nas nossas vidas?

Apesar de o amor entre um pai e uma filha perpassar por uma relação sublime, sem considerar muitas vezes o bom e o ruim, não é o que o *babbo* me revelou, pelo contrário, ele me ensinou a contemplar a realidade como ela realmente é e a resolver os problemas para seguir em frente.

Boa leitura!

Alexandra Amadio Belli
Filha do Amadio

PARTE I
MEMÓRIAS
Alexandra Amadio Belli

Lascia fare a me!

A figura e a presença do *babbo* me faz sempre sentir boas emoções, meus pensamentos fervilham com facilidade e acionam as incríveis memórias da minha vida!

Durante a minha infância, vivenciei inúmeras brincadeiras com ele na nossa casa, fabulosos passeios ao clube, saídas animadas aos restaurantes, viagens inesquecíveis e escuta de suas deslumbrantes histórias na Itália.

Imaginem um homem com uma rotina intensa por mais de quarenta anos. Acordava às cinco da manhã e trabalhava mais de doze horas ao dia, trabalho esse bem agitado e com direito a pedaladas de bicicleta para se deslocar de um lado para o outro dentro da fábrica, e, ainda assim, tinha uma animação e disposição invejável ao chegar em casa.

Dificilmente o víamos deitado em frente a uma televisão, a não ser quando havia jogo do Palmeiras. Animado e risonho, sempre tinha uma boa ideia para compartilhar com a família... e o que mais adorávamos eram as brincadeiras!

Lutávamos no tapete da sala de televisão contra ele, eu e meu irmão levávamos a sério o desafio de prendê-lo no chão, mas sempre ele dava um jeito de escapar das nossas táticas; mesmo quando treinávamos judô, éramos vencidos por ele.

Em outro tapete, na sala social, fazíamos ginástica e ficávamos empolgados, felizes por invadir um espaço sagrado, assim considerado pela minha mãe, onde crianças não entravam. Ele, com o xerox de exercícios trazido da fábrica nas mãos, conduzia sessões de muito movimento, e isso me faz perceber o quanto era visionário, pois é como se ele já naquela época acessasse as redes sociais, baixando a série de exercícios para praticar em casa.

Tudo sempre foi muito intenso e divertido, às vezes até nos machucávamos ou quebrávamos alguma coisa, e vinham as broncas da mamãe, porém valia muito a pena cada momento com ele!

Apesar dessa agitação familiar, nosso espaço de brincadeira não era bagunçado, pelo contrário, sempre foi muito organizado, idealizado, feito e ensinado por ele.

Quando eu era muito pequena, morávamos em uma casa de pouca área, mas o nosso *babbo* sempre dava o seu jeito. Com muita criatividade, ele elaborou e construiu um espaço coberto na área externa da casa, com armários de parede a parede para armazenar os brinquedos, era a nossa brinquedoteca. Ali eu e minha irmã passávamos horas a fio, mesmo com as tentativas do nosso irmão de invadir o nosso espaço e arreliar a brincadeira, afinal, era muito pequeno e ainda não sabia brincar da forma que gostávamos.

Era também nesse espaço aberto que o *babbo* sugeria que fizéssemos as refeições; quando pedíamos para comer fora, a nossa intenção, é claro, era jantar em um restaurante. De forma brincalhona, ele dizia à minha mãe que colocasse a mesa lá fora para jantarmos, referindo-se ao quintal, mas acabava sempre nos levando ao Fino, a pizzaria que amávamos, ou à churrascaria São Bento, com muito espaço para corrermos, ou ainda ao restaurante Villa Velha, para comermos o mais gostoso pintado na brasa da época! E assim seguimos por muitos anos... A fala carinhosa e debochada que perpetuava até pouco tempo!

Ainda quando meu irmão era um bebê, nós nos tornamos sócios de um clube com uma extensa área verde, piscinas e parquinho, onde frequentávamos quase todos os finais de semana, menos aqueles em que íamos para a casa da vovó.

Entre as minhas memórias, sou capaz de enxergar o *babbo* chegando ao clube, após longa jornada de trabalho (horas e muitas horas extras de trabalho para dar conta de prover o que considerava necessário à sua família); ele vinha com aquele sorriso e fala animada para brincar, mal nos cumprimentava e já estava girando com as próprias mãos uma pequena roda-gigante, e nós, seus três filhos, sentadinhos naquelas cadeirinhas coloridas, nos divertíamos como se fosse o melhor dia de nossa vida.

Também sinto na alma, agora aqui escrevendo, a sensação de alívio que ele me provia ao me salvar dos afogamentos em uma piscina infantil que mal tinha trinta centímetros de profundidade. A minha agitação era tamanha, que precisava de seus cuidados a cada segundo... sempre foi assim!

Sua sensibilidade era extraordinária! Não me lembro de sentir sua falta ou de correr riscos, ele sempre estava presente! Vejo que isso contribuiu para o meu papel de mãe e profissional, mas essa história ficará para o próximo livro, que provavelmente será escrito pela minha filha!

Falando em água, rememoro as viagens para a Praia Grande, pois novamente a imagem do super-herói aparece, afinal, quem era capacitado a prover três meses na praia? O *babbo*, lógico! Ele emprestava da empresa em que trabalhava uma Veraneio (maior carro disponível no Brasil naquela época) para levar toda a tralha e nós. Imaginem: televisão portátil, garrafão de vinho, ventilador, roupa de cama e banho, comida em geral, roupas pessoais, brinquedos... e o detalhe é que subíamos e descíamos toda a tralha de escada com muito entusiasmo, após horas de congestionamento para cruzar a famosa Ponte Pênsil! Todo esse trajeto era regado com brincadeiras e as famosas comidinhas, só consumidas nessa época do ano, as queijadinhas e as bananinhas de Itanhaém.

Logo no primeiro dia de praia, após nossa extasiante viagem, começavam os nossos rituais de férias: passar bronzeador solar que odiávamos (Coppertone e Noskote no nariz), em seguida, vestir a camiseta para não torrar no sol e não ralar a barriga na prancha de isopor, tomar sorvete e raspadinha de gelo com groselha, comer pastéis de queijo, saborear espetinhos de camarão e a tão esperada quanto as outras atividades, tirar as fotos entregues ao consumidor em monóculos. Tudo para eternizar aqueles momentos felizes, ou melhor, muitooo felizes!

Novamente o *babbo* se mostrava presente, pois, além de bancar financeiramente tudo isso, ele nos controlava por um assobio, que podíamos identificar a metros de distância e, assim, tínhamos liberdade de movimento e conseguíamos voltar ao guarda-sol em segurança! Aqueles olhos grandes e castanhos não nos perdiam de vista.

A entrada triunfante ao mar se consolidava em sua companhia (tinha que ser!), pois somente nesse momento podíamos ir ao fundo! Eu me sentia muito confiante e adorava vencer desafios, entrar em contato com um certo perigo, nadar onde meus pés não tocavam o chão. Deliciosos momentos!

Ainda nesse contexto de férias e praia, surgiam os momentos de dirigir o carro, sentada em seu colo, nas praias desertas, isso era demais! A sensação de autonomia era infinita! Aflorava a sensação de que eu era capaz de tudo, de que eu era brilhante e especial! Fico me perguntando como ele fazia isso; sem qualquer conhecimento de neurociência, ele foi capaz de estimular meu cérebro! Com certeza, a pessoa mais importante na minha educação!

Falando em viagem, adoro pensar na nossa primeira ida à Itália. Falo "pensar", porque essa história não está em minhas memórias vivas, mas retratada nas fotos, nos filmes e nas lembranças das pessoas que viveram comigo esse momento, afinal, eu tinha apenas uns dois anos.

O *babbo* novamente se tornava extraordinário, afinal de contas, quem sai do país com esposa, cunhada, duas filhas pequenas para viajar por uns três meses para um ambiente totalmente novo e diferente dos costumes para elas? Detalhe: estamos falando do final da década de 1960!

Todo o seu foco, nessa ocasião, estava voltado para apresentar a família que tinha construído aos seus pais e parentes na Itália! Sim, esse momento foi muito significativo para ele e para nós!

Entre tantas situações envolvendo a viagem, a minha favorita era a preocupação que ele tinha com a minha alimentação, sendo capaz de acordar cedo diariamente e sair para buscar em algum hotel o leite que mais se assemelhava àquele com que eu estava acostumada.

Ele não mediu esforços para nos contentar e, principalmente, para que todos pudessem se conhecer e se harmonizar em um contexto idealizado por ele, a Grande Família! Seu amor pelos pais, irmãos, cunhadas e sobrinhos foi transmitido a nós – apesar de não termos o convívio presencial como desejamos, conseguimos manter essa relação de amor viva uns com os outros! Tenho orgulho de falar, "sono una Amadio!".

Ele nos fotografou e filmou para que pudéssemos um dia reviver a emoção de conhecer, conviver com a sua Itália e a sua família, e ainda de brinde passamos pela Inglaterra, França e Eslovênia. Eu e minha irmã retornamos antes para o Brasil, para que meus pais pudessem também ter uma viagem mais romântica!

Já as nossas viagens mais longas de carro sempre foram para o Sul do Brasil, para que pudéssemos entrar em contato com as cidades de origem italiana! Costumava dizer: "Quem nasce no forno é pão ou gato?". Durante muitos anos, não entendíamos aquelas palavras, mas uma certeza nós tínhamos, de que ele estava nos ensinando a reconhecer e valorizar a nossa origem! E foi nesse sentimento intenso, por meio da valorização da família e do senso de pertencimento a uma nação, que cresci!

De onde veio o título, "Lascia fare a me!"? Depois dessas poucas palavras, fica fácil... Sim, era a "fala registrada" dele! Era ele quem idealizava, sonhava, fazia, acolhia, estimulava, suportava, provia tudo! Não consigo imaginar melhor resultado desse imigrante italiano. Nós filhos e suas netas! Tornamo-nos "pessoas do bem", felizes e principalmente unidos! Um por todos e todos por um!

Parece que estou falando de um homem ideal, que não tem defeitos... É quase isso, um ser humano que me ensinou a reconhecer e a enfrentar as pessoas e o mundo com o meu melhor! Amo-o demais, a ponto de acreditar que ele é um herói!

Ainda há muito mais: as histórias que ele nos contou, diversos fatos de nossa vivência ao longo dos anos, as histórias de amor, a interferência do Alzheimer em nossa vida, o significado de família... Com certeza vão querer lê-las nos próximos contos!

Pinguim-imperador

Há poucas situações parecidas... Imaginem o proprietário de uma casa em construção chegando para ver o resultado do trabalho dos vidraceiros feito naquele dia e, de repente, se depara com todos os vidros das janelas quebrados – sim, não há nenhum vidro inteiro!

Ele com certeza ficou estarrecido, perplexo, em choque, não conseguia acreditar no que estava vendo! Ficou literalmente paralisado.

Essa obra encontrava-se em um bairro residencial muito arborizado e com uma certa segurança, e ali moravam famílias que estabeleciam uma harmoniosa vizinhança.

A rua onde ficava a referida casa era extraordinariamente tranquila, as crianças brincavam soltas, andavam de bicicleta, *skate*, jogavam esconde-esconde, pega-pega e tantas outras brincadeiras. Era o espaço perfeito para uma infância saudável, ao ar livre, com muita liberdade.

Um pequeno grupo de meninos adoravam brincar juntos, tinham por volta de oito ou nove anos, consideravam-se muito mais que simples amigos, inclusive a relação entre eles se estendia até a escola de freira onde estudavam.

Eles aproveitavam todas as oportunidades de descobertas e emoções. Contavam com a amizade de seus pais e com a participação ativa, em especial, de um deles, que proporcionava e idealizava ações e estruturas para motivar essa amizade e brincadeiras.

Amizade, para esse pai, é uma habilidade a ser ensinada, cultivada e valorizada, que envolve sentimentos de lealdade, confiança, proteção, cuidado e amor! Ele sempre dizia para a garotada que os amigos nos mantêm fortes e nos ajudam a fazer as melhores escolhas de estilo de vida.

“Um amigo fiel é uma poderosa proteção: quem o achou, descobriu um tesouro” (Eclo 6, 14-17).

Esse pai se fazia presente, foi capaz de construir uma rampa de *skate* para manobras radicais, feita com restos de madeira que solicitava das construções existentes naquela rua. Detalhe impressionante: essa rampa ocupava parte da rua, e todos que circulavam por ali respeitavam o espaço. Preservavam-no como área de recreação, e isso perdurou por anos.

Esse homem também não continha sua animação quando se tratava de futebol, era o pai perfeito, carregava a garotada ao estádio de futebol para grandes clássicos, presenciavam a vibração dessas partidas em seus pés e em seu coração.

Era evidente a paixão pelo esporte e o significado de uma torcida! Quando não conseguiam ir ao estádio, sempre assistiam juntos aos jogos e, a cada gol, saíam para a rua para estourar rojões! Quanta manifestação de alegria! Hoje seu filho relembra desses momentos com saudade.

Guarda por anos, até hoje, as camisetas dos times, as bandeiras costuradas por mim e aquelas compradas nas ruas, as flâmulas dos times nacionais e italianos como recordação desses amados momentos. Arrisco a dizer que se tornou um torcedor fanático como o pai!

Sem querer, as atitudes desse pai incentivavam a socialização entre eles, os portões estavam sempre abertos e as brincadeiras, quando não ocorriam na rua, eram em casa. Instaurou-se a cumplicidade entre eles, eternizando a amizade, mesmo que o tempo e as experiências de trabalho individuais desses meninos os tenham forçado ao distanciamento físico na vida adulta.

O filho desse homem se tornou um ser humano incrível e muito lindo. Com a vivência de bons exemplos, transformou-se num pinguim-imperador, um pai amoroso e dedicado, que assume a criação de sua filha em tempo integral. Como acontece na natureza, quando o pinguim fêmea coloca o ovo e retorna ao mar para se alimentar por dois meses seguidos, deixando a responsabilidade de manter o ovo aquecido durante o inverno antártico para o pai.

Esse zeloso pai, após ter vivenciado experiências importantes com seu próprio pai, é capaz de prover cuidados necessários a essa linda menina, garantindo-lhe a melhor educação! Isso é a prova viva de que a família tem um grande valor! Meu coração se enche de felicidade ao ver o resultado do amor de um pai se fazendo presente e se perpetuando ao longo da existência de sua família! Aí está a anatomia do amor demonstrada!

Sabem aquele homem estarrecido e paralisado na presença de todo aquele vidro quebrado? Então, por uma ironia do destino, ele presencia justamente esse valor da educação familiar da forma mais inusitada possível!

Esse senhor, após alguns instantes diante daquele triste cenário, sai pela famosa rua em busca de algum esclarecimento, pois não encontrou mais nenhum trabalhador na obra. E subitamente decidiu procurar os vizinhos na tentativa de eles terem presenciado algo incomum ou escutado algum ruído mais forte.

Para seu espanto e surpresa, descobriu que aquele grupo de meninos de que falávamos até agora tinha muito a explicar, afinal, eles adoravam brincar de mocinho e bandido, e as armas disponíveis para a imaginação deles eram os estilingues. Na época, era um armamento aceito e aparentemente não nocivo.

Lógico que, movidos pela possibilidade de treinar tiro ao alvo com pedras e de se aventurarem em uma artimanha – talvez com certa inocência de que não estavam fazendo nada de errado ou, então, com muitas chances de não se darem mal, de não serem descobertos –, eles acabaram agindo em todas as janelas! Acreditem, rolaram pelo chão muitos, muitos, muitos caquinhos!!!

Sabem aquele pai presente, que mencionávamos há pouco? Então, ele agiu na mesma hora ao saber do fato!

Inconformado com o vandalismo naquela rua tão cuidada e preservada por todos, e com a possibilidade de marginais terem circulado por ali e exposto a todos ao perigo, foi logo chamando as famílias.

Para sua surpresa, conversando com todos, foi se dando conta de que não se tratava de uma ação de estranhos, de marginais, e sim de uma malandragem dos meninos que ali moravam. E o pior de tudo é que seu filho fazia parte de tal grupo.

Propôs-se a conversar com esse grupo de crianças, com toda a sua habilidade e principalmente a escuta, conseguindo que eles reconhecessem o que tinham feito e, ao mesmo tempo, tomassem consciência do que isso representava. Extraordinário, não? Quem dera todos os pais fossem capazes disso!

Como se não bastasse o grande desfecho, esse homem conseguiu que esses meninos se desculpassem com o proprietário da casa e que todos os pais, incluindo ele próprio, se responsabilizassem pelo ocorrido, arcando com os custos e providências para a reposição dos vidros.

Não acaba aqui...

Esse pai a que tanto me refiro se dirigiu ao dono da casa em construção e expressou seu sentimento de grande frustração por ainda não ter conseguido ensinar o suficiente ao seu filho, e pediu desculpas por isso!

Os anos se passaram, e muitas conversas rolaram entre pai e filho. A verdadeira educação se confirma! Mesmo que não exista mais nenhum diálogo agora, por conta do Alzheimer, mantém-se o vínculo!

Esse filho cada vez mais se assemelha ao seu pai, não por conta das características físicas e muito menos por estar envelhecendo, mas sim pela forma de agir, se expressar e pensar! Parece sua cópia! Ele realmente é o exemplo da expressão usada na história anterior, "quem nasce no forno é pão ou gato?".

Sabem aquele homem que chama para si a responsabilidade e não culpa seu filho, e sim o educa? É o meu *babbo*!

III
Guerra da Ucrânia

Guerra da Ucrânia

Que relação pode ter a história de um maravilhoso pai com uma guerra? Sigam lendo e vão descobrir!

Com os estragos devastadores da pandemia de COVID-19, seguida da invasão da Ucrânia pela Rússia, vivemos um cenário mundial de horror! É evidenciada uma nova crise econômica e humanitária, milhares de ucranianos são obrigados a deixar o país em busca de um lugar seguro, em busca de pessoas ou países que possam acolhê-los!

Difícil escrever sobre essa realidade, sobre a fuga de seu país para sobreviver! Vamos lá!

Meu *babbo* viveu a Segunda Guerra Mundial. Ao assistir às reportagens sobre a invasão da Ucrânia, com imagens de destruição, morte, pânico, insegurança e tristeza na cara da população e, ao fundo, o som das sirenes, vem à tona as inúmeras histórias que o *babbo* me contava quando criança sobre sua saga na guerra.

Primeiramente, não posso negar que os meus sentimentos de tristeza e revolta são enormes, não consigo entender que no ano de 2022 temos um acontecimento como esse; imediatamente me vem uma vontade de chorar e sinto uma impotência muito grande. Percebo que parte dessa emoção toda está relacionada à história de vida do *babbo*... Fico pensando nas marcas que a guerra deixou nele!

Falo isso porque, hoje vivenciando o Alzheimer ao seu lado, procuro entender algumas das manifestações comportamentais que ele tem quando está sob o efeito das "manias", das "lelices", é como chamamos os momentos de delírio e agitação, principalmente no período noturno.

Nesses momentos, ele sempre fala que está trabalhando, de forma muito confusa. Ele fica agitado e pensando que tem que resolver muitos problemas e corrigir, ensinar às pessoas que não estão fazendo bem o seu trabalho.

Relaciono essa necessidade constante e louca de trabalhar, de resolver os problemas com a necessidade que sempre teve de prover sustento e sobrevivência a todos da família. Acredito que muito disso tem conexão com as dificuldades de sobrevivência no período da guerra, o desejo de nunca mais passar fome!

Ele achava importante nos relatar a guerra, para que aprendêssemos a dar valor ao que tínhamos e ao que conquistávamos. Sempre nos mostrou o valor do trabalho honesto e solidário – algo que influenciou muito na minha formação inicial de cientista social e no meu engajamento no trabalho voluntário voltado para o acolhimento e atendimento psicopedagógico dos adolescentes.

Nesse contexto que surgiu a ideia de relatar os momentos de vida durante a Segunda Guerra Mundial.

O *babbo* contava-nos que ficava com os irmãos esperando os aviões de ajuda humanitária passarem na região onde morava, pois eram arremessadas, por meio de paraquedas, caixas de alimentos, as quais, muitas vezes, eram a única alternativa que disponibilizavam para o sustento da família.

Além disso, narrava, animado, que pegavam os paraquedas para que sua mãe fizesse roupas, afinal, segundo ele, os paraquedas eram de tecido bonito que parecia seda, dava para se vestir e ficar bem apresentável para as meninas. No fim de contas, apesar de todo o sofrimento, ele era um adolescente de treze anos, cheio de sonhos e desejos.

Quem dera as histórias contadas fossem apenas de soluções às necessidades de sobrevivência dele e da família!

Mas não, muitas vezes, o barulho de avião era sinônimo de bombardeio, ele morava no norte da Itália, na região de Veneza, área estratégica e muito bombardeada. Nesses casos, as sirenes soavam muito alto!

Quando estava em casa, ao escutar as sirenes e a proximidade dos aviões, ele buscava o seu irmão caçula e o colocava no colo, para, assim, sair correndo de casa, estimulando os irmãos menores a correrem também e a se jogarem nas trincheiras construídas no campo para se protegerem das bombas.

Muitas vezes, as bombas chegavam quando eles estavam fora de casa, e, nesses casos, o único lugar apropriado para a proteção era o subsolo da igreja no centro da cidade.

Como a guerra durou muitos anos, a vida seguia na medida do possível, e acabavam frequentando a escola que ficava ao lado da igreja. Cheguei a conhecer o Colégio Dom Bosco, de padres, já adulta e com o *babbo* ao meu lado, afinal, foram tantas as histórias contadas dessa fase para mim, que tinha de ir ao local.

Imaginem vocês o desespero de um jovem ao escutar as sirenes que soavam bem alto, tendo que arranjar uma solução para se proteger, já que, em muitas ocasiões, estava distante da igreja! Terrível emoção, não?

Também nos contava, com uma voz apertada, tentando mascarar a vontade de chorar, que sua mãe não saía de casa na hora dos bombardeios, ficava rezando e trabalhando, acreditando que nada de mau iria acontecer-lhe.

Concebam esta situação: meu *babbo* deixando para trás a mãe que tanto idolatrava e a velocidade com que ele voltava para casa, logo após as bombas caírem, em busca dela... Com certeza, isso deixou marcas em sua personalidade e na forma que vem vivendo.

Relatava, com tanta tristeza para nós, que, nos primeiros anos da guerra, sua casa fora destruída; mas, logo em seguida, seu semblante mudava, demonstrava uma imensa alegria quando mencionava que sua mãe não havia sofrido qualquer dano. Havia saído ilesa desse terrível acontecimento!

Mas isso acarretou a mudança da família para o campo, para o pequeno sítio de seus avós, o que de certa forma foi bom para a subsistência de todos.

Emprego, nessa época, não existia, portanto o dinheiro era escasso, para não dizer inexistente, a sobrevivência provia da terra e de trocas que faziam com esses produtos.

Vamos suavizar esse trecho de sofrimento? Apesar das marcas profundas da guerra, ele sempre esteve cercado pela família e amigos, o que suavizou o sofrimento. Podemos dizer que existiram momentos de felicidade nesse contexto tenso.

Relembro aqui com vocês as histórias que nós crianças adorávamos escutar, afinal, nos pareciam tão emocionantes e ao mesmo tempo tão difíceis de acreditar.

Ele dramatizava a lembrança do dia em que viu, pela primeira vez, um homem negro, vale ressaltar sem qualquer preconceito!

Com um sorriso na cara, como se fosse uma coisa engraçada, demonstrava o choque que tomara, o quanto achava impossível a existência de alguém tão diferente dele, eram os soldados americanos que chegavam na sua cidade!

O mais legal dessa história para nós era a parte dos soldados negros, que se tornavam verdadeiros amigos e heróis das crianças daquela cidadezinha, afinal, eles davam chocolates em barra para a molecada, outra grande novidade.

Isso foi tão significativo em sua vida, que quero acreditar que serviu de inspiração, pois, sempre que meu *babbo* viajava (podia ser uma pequena viagem, de apenas algumas horas), retornava com chocolates e balas para nós, filhos. Delíciaaaaa...

No início do diagnóstico do Mal de Alzheimer, com alguma lucidez, ele se preocupava com suas reservas financeiras, vivia perguntando ao meu irmão quem administrava a parte financeira dele, como estava a condição de suas aplicações.

Sempre que encontrava um extrato bancário, ficava por horas olhando aquele documento para ter certeza de que não faltariam fundos e reservas. Assim quero crer, ou simplesmente ficava em seu mundinho sem entender nada ou procurando um significado para aquele papel em suas mãos!

A *paura*, palavra usada em italiano para o significado de medo, de passar necessidade e de nós, filhos e esposa, ficarmos desassistidos era enorme. Assim, acredito que parte do comportamento obsessivo advinha das lembranças dos momentos da guerra já vividos por ele.

A guerra também o levou à imigração... deixar seu país e as pessoas que amava! Teve muitos ganhos, ganhos que para ele são incalculáveis, mas a perda do convívio com sua mãe sempre foi um acontecimento muito dolorido.

A viagem foi por navio, em condições muito simples, nada confortável em direção ao Brasil, apesar de ter cogitado a ida para a Argentina.

Experienciar uma nova língua e novos costumes para um jovem parece fácil, porém, sem recursos financeiros suficientes, não foi tão prazeroso assim, mas com certeza um desafio cheio de superações, aprendizados, boas surpresas e realizações!

Afinal de contas, estou aqui graças a tudo isso...

Ao chegar no Porto de Santos, acompanhado a princípio de seu pai e um irmão, trabalhou no interior de São Paulo, na construção de uma usina hidrelétrica, para conseguir pagar sua viagem; mas, como ele próprio dizia, trabalhou mesmo no "meio do mato", contexto tropical totalmente novo para ele. Quando finalmente conseguiu melhores condições de trabalho e vida, veio para a capital e aqui se realizou, porém dessa vez sozinho, pois seu pai e irmão haviam retornado à Itália.

Nessa época, a grande dificuldade ainda era a língua; até hoje sua pronúncia não é perfeita, provocando muitas risadas e gozações!

Na época, pronunciar *estação* era "estacao"... rrrrr... E hoje *estávamos* é "estavamos", *peixe* é "pesse"... rrrrr... A grande sorte foi ter dois grandes amigos italianos sempre *insieme a lui* (com ele), *zio* Bruno e *zio* Otelo! Eles se apoiavam, se consolavam, se acolhiam... e aprontavam e faziam muita farra juntos!

Com certeza, esse momento merece outro conto! Aí vamos nós...

IV
Rua Teixeira da Silva

Rua Teixeira da Silva

Para quem não conhece, o título desta memória é um endereço de São Paulo, uma pequena e, na década de 1950, tranquila travessa da famosa Avenida Paulista!

Foi aí que ele, o *babbo*, veio morar com os amigos, em uma pensão que proporcionou muitos momentos de malandragem, festas e realizações profissionais, mas também de dificuldades e superações.

A história que ele contava do início de sua vida na capital incluía momentos difíceis, sem dinheiro suficiente para seu sustento! A fome era uma preocupação, mas, como sempre, ele deu seu jeito! Ele aprendeu a comer banana no pão e passou a amar tal refeição. Isso porque, como não tinha dinheiro para fazer duas refeições, a solução encontrada era fazer uso da bananeira do quintal da pensão. Algumas vezes também comia doces, afinal, na época, era uma opção mais barata de alimentação.

De uma forma solidária e carinhosa, a dona da pensão permitia que eles, os “rapazes italianos”, pegassem bananas à noite para se alimentarem, assim conseguiam ter uma boa refeição no almoço, para compensar toda a energia despendida no trabalho.

Contava que a ida ao trabalho também era muito diferente e cansativa para eles, pegavam bonde e adentravam o mato na periferia da cidade, estamos falando da região do bairro do Morumbi.

As melhores histórias aconteceram na companhia de seus dois grandes amigos. Marcaram o início de uma especial amizade e determinaram o famoso trio de italianos – Amadio, Bruno e Otelo!

Uma história que adoro relembrar é a que ficamos sabendo quando éramos adolescentes, contada pelo *zio* Bruno sobre meu *babbo*; acho que ele nunca nos contou essa, porque se tratava de muita malandragem!

Por serem jovens, adoravam as noitadas, que incluíam mulheres, bebedeiras, cantorias e baladas, muitas baladas! Acho que por isso foi capaz de entender a minha loucura de me divertir na juventude! Conduziu de forma brilhante esse momento de vida que eu e minha irmã curtimos juntas, arrisco a dizer que talvez como nós com as nossas próprias filhas!

Tal história foi muito inusitada, porque passou dentro da pensão e no período da tarde, portanto fora do padrão com que eles estavam acostumados!

Uma linda e doce mulher morava também nessa pensão, e despertava nesse famoso “trio” olhares e principalmente no *babbo* um interesse maior. Mas, para a infelicidade deles, ela não dava qualquer chance de maior aproximação, afinal, ela já tinha namorado.

Num certo dia, o *babbo* descobriu que tal mulher ficaria noiva, e como ela já havia percebido um certo interesse, por parte dele, decidiu não os convidar para a festa de noivado. O que foi muito bem aceito e compreendido pelo *zio* Bruno e pelo *zio* Otelo, porém provocou uma indignação total no *babbo*.

Vocês vão saber já qual foi a reação dele... Duvido que consigam imaginar e acertar!

Como ele não tinha sido convidado, mas queria estar presente para admirar aquela bela mulher e, se possível, jogar seu charme em sua direção, arranjou um jeito de descobrir quem faria o serviço de garçom na festa e se candidatou para tal.

No dia da festa, o namorado ciumento e suspeitoso do interesse do *babbo* em sua noiva não pôde fazer nada, nem excluir os olhares de meu *babbo* em direção à sua noiva, já que ele estava trabalhando no evento; pode isso?

Parece conto de novela, não é? Eu particularmente ameiii essa história quando fiquei sabendo; fiquei orgulhosa de saber que meu pai era um galanteador e, o mais importante de tudo, era capaz de lutar pela mulher que desejava! Com essa história, passei a sonhar em ter um homem assim, como o *babbo*, capaz de tudo para me conquistar!

Com todo o seu charme, segundo o *zio* Bruno, o *babbo* era sempre, entre os três, o que tinha melhor habilidade com as mulheres e aproveitava muito isso, mas ele nunca mencionou esse fato para nós.

Como eu e minha irmã adorávamos passar as férias na casa do *zio* Bruno, acabávamos sempre descobrindo uma história nova do nosso "Don Juan", aquela versão do *babbo* que não conhecíamos.

Eles também apreciavam ver as meninas na saída dos colégios famosos da Avenida Paulista, e, apesar de todo o jeito especial com as mulheres, o *babbo* não tinha muito sucesso com elas, ficava apenas no flerte, afinal, esse contexto envolvia a questão financeira das partes! E a deles era bem diferente da das meninas. Também sonhavam em um dia ter os carrões que apareciam por lá.

Diante dessa realidade, ele se contentava em ir a pé mesmo até o Estádio do Pacaembu, passeando pela Avenida Paulista, para assistir às partidas de futebol do seu amado Palestra Itália! Por ser apaixonado por futebol, isso acabou se tornando um grande programa aos domingos, inclusive no momento em que namorava a minha mãe!

Nas várias noites de esbórnia, como ele mesmo costumava mencionar, era muito comum eles cantarem pelas ruas no retorno para a pensão e, ao chegarem, sem terem consciência, acabavam ficando um pouquinho parados em frente da pensão antes de adentrarem.

Essa prática acabava sempre criando conflito com a dona da pensão e com o próprio guarda da rua. Lógico que a solução só poderia ter vindo da mente criativa do meu *babbo*!

Ele se posicionava com um pé na calçada e o outro no degrau da entrada da pensão para que, quando a queixa partisse da dona da pensão, levantasse o pé do degrau, dizendo, de forma alegre porém debochada, que estava na rua e que ela não poderia reclamar. Já quando o guarda passava, ele tirava o pé da calçada e dizia que estava em casa e não na rua, que seria a área de atuação do guarda de rua... Espertinho ele, não?

Assim se seguiram anos bem animados e cercados por essa energia de jovem desbravando o mundo, mas toda essa agitação da juventude foi perdendo força, até que, aos vinte e nove anos, conheceu a mamãe! (Esse pedaço da história vai aparecer com certeza em alguma parte desse livro!)

Esse momento de vida relatado deixa para mim a ideia de um jovem adulto conquistando seu espaço, conhecendo-se e conhecendo esse novo mundo, bem "diverso" daquele em que ele vivia!

Ele, sozinho, na construção de suas experiências de vida, aprendeu e estimulou habilidades e competências capazes de ajudá-lo no bem-estar. A perseverança, a empatia, a amizade foram seu forte! O planejamento, a organização, a resolução de problemas, a flexibilidade cognitiva, a regulação emocional, nem se fala! Genial, não acham? Não é à toa que ele, sem conhecimento científico algum, foi capaz de estimular tudo isso também em nós filhos e netas!

Usou de sua experiência de vida para educar, conduzir e acolher a todos ao seu lado. Sem contar que o destino deu seu empurrãozinho, afinal, muitos anos depois, ele voltaria para esse mesmo endereço, só que dessa vez seria mais difícil, pois teria que entregar a sua primogênita para o mundo. (Porém, ficaria por perto!)

É chegado o momento de deixar sua filha em São Paulo para fazer faculdade e encorajá-la a vencer o desafio de não viver diariamente debaixo de suas asas. Para a surpresa de todos, é o Paraíso o bairro mais viável e apropriado para ela!

Nesse momento, o próprio nome é sugestivo, Paraíso! É resgatada toda a lembrança de sua chegada ao Brasil, um momento nostálgico, rico de emoções e a sensação de que a história se repetia!

O cérebro de minha irmã, por ser filha de quem é, já havia sido modulado pelos ensinamentos do *babbo*; e, por isso, com certeza esse momento de se alçar ao mundo para definir seu lugar e se conhecer como uma universitária foi mais fácil! Teve todo o apoio e acolhimento necessário para seu bem-estar, e, o melhor, pôde curtir de pertinho com o *babbo* essas lembranças! Ele todinho só para ela! Situação que a tornou uma mulher forte e capaz de deixar também sua filha trilhar um espaço desafiador, desconhecido, novo! Ela, como o *babbo*, acredita na educação e no potencial de seus filhos. Ela encontra garra para suportar a distância, para se fazer presente e principalmente lutar pela felicidade e proteção da filha... Realmente, é a anatomia do amor se mostrando!

Só posso concluir esta memória com duas palavrinhas: obrigada, *babbo*!!!

V
A casa d'Irene

A casa d'Irene

A Casa D'Irene	A casa d'Irene
A casa d'irene si canta si ride	Na casa de Irene se canta, se ri
C'e gente che viene, c'e gente che va	Tem gente que vem, tem gente que vai
A casa d'irene bottiglie di vino	Na casa de Irene garrafas de vinho
A casa d'irene stasera si va	Na casa de Irene esta noite se vai

Nico Fidenco

Pensem em alguém animado, de bom humor, capaz de contagiar todas as pessoas à sua volta com sua alegria de viver... Então, esse é o *babbo*!

Cresci escutando, no último volume, músicas italianas da década de 1960, que, cá entre nós, são maravilhosas! Meu *babbo* é o que podemos chamar de pé de valsa, encantador de festa, ser iluminado de pura energia!

Sim… é ele que cantava em todas as festas, reuniões familiares, em momentos de lazer aos finais de semana. Detalhe: cantava com aquela voz forte, sem qualquer compromisso com a qualidade, para não dizer muitas vezes desafinado, mas com total envolvimento e entrega, e, com certeza, era isso que encantava a todos e enchia meu coração de tanta felicidade.

Em casa, as músicas eram tocadas em uma vitrola da Telefunken, acho que muitos que leem este conto conhecem, era uma marca muito renomada e que compunha a decoração de muitas casas; na minha, a Telefunken era um móvel enorme que acabava também servindo de apoiador e local para bonitas fotos!

A música de Nico Fidenco, *A Casa D'Irene*, era a nossa preferida, afinal, ele cantava para a minha mãe, que se chama Irene, como se estivesse fazendo uma declaração de amor!

Por anos, eu não conseguia traduzi-la, mas me bastavam a emoção e a energia com que ele cantava para eu sentir o amor do meu *babbo* pela minha mãe… Depois fui aprendendo, de ouvi-lo falar em italiano, o significado da música que apresentei a vocês acima.

Nossa! Que delíciaaaaa! Toda essa emoção sinto novamente escrevendo esta história!

São inúmeras as histórias a serem contadas com essa cantoria toda. Sempre, em qualquer circunstância, ao iniciar uma música italiana, todos que o conheciam já se voltavam para a mesa onde ele estava, na espera de ele se levantar e soltar sua voz e animação!

Em um momento de nossa vida, por uns dois anos, vivemos em um apartamento, uma fase muito complicada para a nossa família festeira! Recordo-me de um jantar feito ao grande amigo e irmão de coração, o *zio* Bruno, em que o edifício quase veio abaixo de tanta cantoria.

Concebam o contexto de quatro apartamentos por andar num prédio de seis andares. Pois é, a quantidade de famílias reclamando do barulho nessa noite a cada minuto não era pouca, mas o *babbo*, com toda sua habilidade socioemocional, acabou dando um jeito.

Lógico que estão esperando para saber o desfecho, não é?

Acreditem se quiserem: no final da noite, as portas do nosso apartamento se mantiveram abertas, e o apartamento se encheu não só de pessoas, mas principalmente de muita alegria!

Afinal, a cada interfone que tocava, o *babbo* pedia desculpa pelo barulho, argumentava sobre a importância de celebrar a amizade e a família, e, logo em seguida, fazia o convite à pessoa para participar desse momento especial. Não houve uma família sequer que não tenha participado da festa, nem que tenha sido apenas para tomar um golinho de vinho... A festa virou coletiva e muito, mas muito animada! Momento esse que serviu para construir novas e eternas amizades!

Éramos sócios de um clube de campo cujo nome, na época, era merecido, porque hoje o local é considerado central, nem um pouco periférico! Nesse clube se promoviam, ao longo do ano, vários jantares dançantes, com orquestras que tocavam madrugada adentro.

Inevitavelmente, meus pais participavam de todas essas festas. Formavam grupos de amigos e compravam o acesso, com direito a jantar e muito vinho! Quando casada, participei de alguns, incrível! Após a linda festa, saíamos sempre com os sapatos à mão de tanto cansaço, depois de horas e horas bailando!

A fama do *babbo* era enorme, que nesses jantares também existiam os momentos "*Babbo*, o cantor", afinal, as orquestras já o conheciam, e no devido momento, ao iniciarem as músicas italianas, muitos cantores até cediam o microfone para ele extravasar toda a emoção e convidar a todos para acompanhá-lo na cantoria!

Era algo mágico de vivenciar, talvez eu não consiga expressar toda a beleza e emoção, mas deixo aqui a oportunidade de fantasiarem esse contexto, pois é isso que fazia quando não estava presente, apenas escutava as histórias contadas por ele. Garanto a vocês que também irão se contagiar com esse clima de felicidade só de imaginá-lo!

Pode ser que parte do que conto para vocês seja carregada de ilusões e imaginação desta minha mente criativa, mas garanto que grande parte – e a essência dessas lindas histórias – é a mais real história de um grande homem!

Começo a rir ao me lembrar de um Réveillon em um hotel na Praia de Maranduba, no litoral norte de São Paulo, pois, além da cantoria, tivemos o momento "combate ao fogo por onde o *babbo* passa".

Nessa época, eu era recém-casada, bem jovem, muito animada, herdando do *babbo* toda a agitação e o bom humor, e estava muito disposta a "curtir" uma noite inesquecível!

Realmente, tornou-se inesquecível!

O salão de festas desse hotel estava todo decorado com serpentina colorida no forro e acabou sendo o foco de atenção do *babbo*, que cantava com sua família e amigos com um isqueiro. (Sabe-se lá Deus onde ele conseguiu, pois não fumava, acendia a pontinha dessas serpentinas!)

Agora adivinhem vocês o que passei a noite toda fazendo... Além de me divertir muito, passei apagando o fogo das serpentinas atrás do *babbo*! Que loucura!!!

Estava junto a nós toda a família Camillo, o que aumentou a emoção do meu *babbo* e sua vontade de comemorar, afinal, foi a família que o acolheu e que sempre foi o seu referencial de família no Brasil!

Em momentos mais privados, duas outras músicas eram cantadas, e sinto muita emoção ao falar delas.

Mamma, ma la canzone mia più bella sei tu
Sei tu la vita e per la vita non ti lascio mai più

Mãe, mas minha melhor música é você
Você é a vida e por toda a vida eu nunca vou te deixar de novo

Beniamino Gigli e Cesare Andrea Bixio

Uma era *Mamma*, que o *babbo* cantava com lágrimas nos olhos; lógico que tentava disfarçá-las, pois tal música o fazia se lembrar de sua amada mãe. Conforme podem ver, trouxe acima uma linda estrofe para quem não a conhece.

Acredito que o significado de família, e a importância dela em nossa vida, foi difundido e enaltecido nos momentos em que ele cantava essa música, era notória a importância de uma mãe na formação e no acolhimento de um filho. Ele vibrava ao falar da mãe, da guerreira, da trabalhadora, da mulher emotiva, da mulher carinhosa, que nunca lhe negou seu colo e sempre o defendeu!

Essa expressão de amor por sua mãe me fez desejar ser mãe – não qualquer mãe, mas como a *nonna*, essa mulher tão especial na vida dele! De adolescente, sempre dizia que queria meia dúzia de filhos, família grande como a que ele tinha, mas, graças a Deus, recobrei a lucidez e tive apenas uma filha!!!

A outra música é muito antiga, folclórica do norte da Itália e recheada de dialeto, *Quel Mazzolin Di Fiori*. Não tem relação com nenhuma guerra, mas, por ter sido cantada pelos soldados dos Alpes durante a Primeira Guerra Mundial, ficou famosa por toda a Itália.

Quel mazzolin di fiori
Che vien dalla montagna
E bada ben che non si bagna
Che lo voglio regalar
Lo voglio regalare
Perchè l'è un bel mazzetto
Lo voglio dare al mio moretto
Questa sera quando vien

Aquele buquezinho de flores
Que vem da montanha
Cuidado para não o molhar
Pois quero dá-lo de presente
Quero dá-lo de presente
Porque é um lindo ramalhete
Quero dá-lo ao meu moreninho
Quando ele vier hoje à noite

Essa música, representada pelo pequeno trecho acima, é de tão forte significado na vida do *babbo*, que nos momentos recentes, em que ele não é capaz mais de se conectar com a realidade presente, consegue manifestar alguma reação ao escutá-la.

Em um final de semana, em que era a minha vez de cuidar dele, tive a ideia de buscar essa música na *internet* para ver se ele tinha alguma reação... Dito e feito!

Ao colocar a música, ele imediatamente começou a bater palmas! Ficamos eu e minha mãe ao seu lado escutando repetidamente a canção, batendo palmas com ele, já que lhe trazia aparentemente uma certa lembrança – ao menos, conectou-se por um bom tempo conosco.

Nossa, quanta emoção! Perceber que ele ainda estava ali, naquela linda noite de sábado!!!

Conforme o Alzheimer avança, esses momentos se tornam ouro!!!

VI
Construiu uma família com uma menina linda – Amore mio!

Construiu uma família com uma menina linda — Amore mio!

Foi muito lindo te ver pela primeira vez e pensar, sem palavras: eu quero.
– Caio Fernando Abreu

Aqui estou envolta em alegria, afinal, vou contar a vocês sobre a paixão e o amor entre o *babbo* e a mamãe! Com certeza, esta história será recheada do meu próprio pensamento romântico, mas confiem... Muitos de vocês, conhecendo o *babbo*, vão aceitar estes fatos emocionantes como a mais pura realidade!!!

Ele, aos vinte e nove anos, passou a frequentar com mais constância a casa de sua prima de terceiro grau que vivia numa cidadezinha tranquila, próxima à capital de São Paulo. Anos mais tarde, essa linda e marcante mulher se tornaria a minha querida madrinha de batismo!

Antes de mais nada, gostaria de descrever esse homem...

Moreno, cabelo e barba perfeitamente cortados, muito cheiroso, vestido de ternos e camisas feitas por alfaiate italiano, sapatos de pelica engraxados e utilizados semanalmente, lenços limpos, passados e bordados com suas iniciais no bolso de sua calça, de fala firme, olhar profundo, postura ereta e sorriso no rosto! Conseguiram imaginar? Não é nenhum artista de cinema, esse é o meu *babbo* em nova fase de vida!

Retornando... Minha madrinha, para convencer e incentivar o primo, no caso o *babbo*, a vir para a sua casa, começou a lhe contar sobre uma linda moça que morava na mesma rua que ela! Mas, quando a madrinha disse que ela completaria dezessete anos em breve, ele, na mesma hora, falou que ela estava louca, que ele nunca se envolveria com uma criança e que não chegaria perto daquela menina!

Então... não foi bem assim!

Em um final de semana, ele foi apresentado "àquela menina", e tudo mudou rapidamente... Eles passaram a se ver, na casa da minha madrinha, sem grandes envolvimentos e aproximação até o aniversário de dezessete anos da mamãe!

O *babbo* foi convidado, afinal, a minha madrinha com a família estariam presentes em tal festinha. Para a surpresa de todos, ele apareceu no aniversário com presentes que declararam sua real intenção! Afinal, quem chega a uma "festinha de aniversário" com um lindo e enorme cachorro de pelúcia e um anel de ouro com quatro diamantes cravados para presentear a aniversariante?

Na semana anterior dessa festinha, a excitação dele por ela era enorme, sinais de paixão, o que acabou convencendo o amigo Otelo a sair com ele para escolher o anel que daria para ela! Naquele dia, a mamãe se encantou por ele, nunca tinha ganhado nada igual, muito menos sido cortejada dessa forma por um lindo homem!

Ela tem até hoje o cachorro de pelúcia, mostrava-nos ao longo dos anos sempre que arrumava os armários, mas não nos deixava brincar com ele, tinha verdadeiro cuidado para manter viva aquela emoção, paixão através da pelúcia! Por outro lado, sente até hoje muita tristeza por ter perdido o famoso anel de ouro em uma festa de Carnaval quando éramos crianças!

É assim que tudo se inicia...

O *babbo* passou a frequentar a casa da madrinha em todos os finais de semana que tirava folga do trabalho, assim poderia convidar a mamãe para passear! Lógico que esses passeios sempre ocorriam na companhia do meu padrinho e da minha madrinha. Só puderam sair sozinhos depois de muito tempo!

O programa de que mais gostavam era assistir ao jogo do Palmeiras no final da tarde de sábado no Parque Antártica e, logo em seguida, jantar no famoso restaurante Gigetto, que ficava na Rua Avanhandava, onde funcionou durante quarenta e quatro anos, fazendo parte da lista dos restaurantes mais antigos de São Paulo até 2016, quando foi fechado!

Na época, esse restaurante era badalado e sempre muito cheio, mas, como de costume, o *babbo* já era conhecido dos garçons e acabava conseguindo que eles arranjassem uma mesa para os quatro com facilidade naquele lindo casarão!

Eu e minha irmã chegamos a conhecer o local, realmente era um casarão antigo, e, mais recentemente, o Gigetto mudou-se para a região do Bixiga, no número 686 da Rua Treze de Maio. Nessa ocasião, tendo para quem puxar, nós duas tivemos a brilhante ideia de reunir toda a família para um almoço inesquecível, aqueles momentos que ficarão na memória de todos, inclusive de suas pequenas netas na época!

Eles tinham o cardápio especial para esses encontros, meu pai sempre comia o delicioso galeto (prato famoso do *chef* desse restaurante), e minha mãe comia camarão à grega, e lógico que, para um bom italiano, não podia faltar muito vinho!

Aos domingos, os programas continuavam, almoçavam em restaurantes de outra cidade, próxima de onde minha mãe morava, normalmente comiam frango ou coelho com polenta, e, no final da noite, antes de ele ir embora para a cidade onde trabalhava e morava, eles iam a uma pizzaria na rua da casa da minha mãe. Esse era o único lugar que minha avó deixava ela ir sozinha com ele, afinal, era muito pertinho, e, qualquer coisa, ela poderia ser acionada ou vigiar os dois!

O tempo foi passando, e, no final daquele ano, o *babbo* a pediu em namoro! A princípio, acho que ela ficou assustada e disse "não"! Mas, após um mês, acabou aceitando! A grande preocupação de seus pais era o *babbo* ser doze anos mais velho que ela!

Mas já era tarde... a paixão entre eles já havia sido instalada!!!

Programas diferentes foram surgindo ao longo do namoro, até que ficaram noivos na Páscoa de 1963, na Praia Grande, na casa de uma grande amiga da vovó! Lugar que passaram a frequentar nos finais de semana bem quentes! E eram vigiados por todos, a casa sempre estava lotada! Ninguém dava trégua para eles estarem a sós, e os poucos momentos que conseguiam, eram observados pelas frestas das janelas e portas!

Até o momento, ele a chamava de Irene, mas, a partir do noivado, começou a soar em seus ouvidos a expressão carinhosa "amore mio"! Com todo esse clima aflorando, poucos meses depois, consuma-se o casamento, no dia 28 de setembro de 1963!

Calma... acho que estou andando muito rápido nesta história! Vamos relembrar os passeios que tanto marcaram a vida desses pombinhos na época do noivado.

Existe um passeio que adoro, porque eu cresci vendo a foto! Foi um passeio de lambreta que o *babbo* emprestou de um primo! Pareciam dois artistas de novela! Estavam vestidos com roupas da novela *Estúpido Cupido*. A mamãe vestia uma calça do tipo fusô e uma camiseta justinha, com uma rasteirinha no pé; e o *babbo*, uma calça justa e blusa do tipo polo e mocassim, estavam um charme! Ah, sempre havia um sorriso estampado na cara dos dois, contagiando qualquer um que visse a foto. Amooo esse namoro! A anatomia do amor novamente se expondo!

Como bom italiano, não perdia as festas da uva em São Roque, que normalmente eram acompanhadas por um bom almoço no domingo!

Outro programa que sempre contam, e que para nós é algo extraordinário, é a ida ao cinema. Nada relacionado ao espaço físico ou ao lugar, mas sim a como se vestiam! O *babbo*, para entrar no cinema, tinha de usar gravata, e a mamãe ia de salto alto, bolsa e luvas combinando. Que chique, não acham? Dá para acreditar nesse contexto, simplesmente para assistir a um filme?

Ah! Os bailes no clube do Palmeiras, de onde o *babbo* era sócio, eram um grande programa, e foi num desses bailes que o casal conseguiu sair a sós pela primeira vez, sem que fosse acompanhado pelos meus padrinhos ou, então, pelos meus avós! Grande conquista, isso graças à ajudinha de uma das primas do *babbo*, que, de tanto implorar a eles que a levassem com três outras amigas, minha avó acabou cedendo!

Ao longo desse tempo, o *babbo* não se esquecia de presenteá-la com lindíssimas fazendas de tecidos, pares de sapatos e bolsas, até um lindo maiô verde do qual a mamãe não se esquece ainda hoje. Como ela mesma costumava dizer: "Ainda bem que o *babbo* era de um bom e refinado gosto!".

Esse hábito perdurou por anos, mas, conforme eu e minha irmã íamos crescendo, ele ia delegando as compras ao nosso gosto, além de contar com a nossa ajuda para fazer-lhe surpresas!

Já as mensagens de amor, feitas em cartãozinhos guardados com muito carinho, eram breves, porque nessa época ainda não sabia escrever muito em português! Era uma mistura só... utilizava palavras em italiano e português.

A transformação da paixão em amor é percebida numa linda cerimônia de casamento realizada pelo Padre Ézio, um padre italiano muito carinhoso; e, ao realizar a celebração, fez inúmeros comentários, em italiano, dizendo ao *babbo* que cuidasse muito bem daquela "linda bonequinha"! Todo esse momento está gravado em um LP de 45 rotações, dá para imaginar?

Logo em seguida, vivenciaram uma festa em um clube alemão servido pelo buffet do tio Vicente, com comidinhas que dão água na boca só de imaginar, principalmente aqueles preciosos docinhos! Sem contar o bolo de quatro andares, decorado com pombinhas brancas envoltas em texturas e desenhos em glacê branco. A mamãe guarda, em uma caixinha, algumas dessas pombinhas até hoje!

A maior atração do evento foi a presença de um mágico, contratado para entreter os jovens da festa. Festa essa que teve grande duração, com toda a animação da família e amigos da noiva. Já a lista de convidados do noivo era bem menor, limitou-se aos primos que viviam no Brasil, a um tio que morava na Argentina e a seus amigos de longa data!

Toda essa emoção foi consumada em uma lua de mel em Cabo Frio, passeio esse realizado de ônibus. Para falar-lhes a verdade, essa situação me soa tão estranha e um tanto engraçada! Imaginem os recém-casados partindo para o famoso e tão esperado momento de ônibus! Que contraste com a época atual?!

Finalmente casados, iniciando um novo ciclo em uma pequena cidade do interior de São Paulo, já sonhavam com filhos, com a nossa família atual!

Não foi fácil essa conquista, tiveram dois abortos antes de a primogênita nascer! O *babbo* foi um grande companheiro nesses momentos. Ele queria muito ser *babbo*!

Durante a gestação da primogênita, mamãe teve que fazer repouso absoluto e contou com a ajuda do *babbo* em todos os sentidos. Diariamente, ele deixava de almoçar na fábrica para vir para casa e servir o almoço à mamãe. Já no final da tarde, além de servir o jantar, ele a banhava, cozinhava com as instruções que mamãe ia gritando do quarto, muito empenhado em promover um bem-estar à mamãe e à sua futura filhinha!

Na nossa infância, um dos momentos marcantes entre os dois eram os inebriantes *happy hours*! O *babbo* saboreava seu vinho, enquanto a mamãe adorava tomar Campari com petisquinhos variados – salaminho fatiado, queijinho picado e azeitonas eram os preferidos do *babbo*! Resumindo... verdadeiras conjunções de pura alegria!

Nos domingos que o *babbo* não ia trabalhar, existiam momentos de união familiar! Começavam desde cedo, íamos correndo para a *bagunçona* na cama deles (melhores momentos da minha vida), logo depois o café da manhã, no qual o "ovo com salame" não podia faltar! Que saudade desse momento! E assim seguia o dia, nessa atmosfera de muita felicidade!

Já são cinquenta e oito anos de união... acho que não preciso escrever mais nada!

VII

Não dormiu essa noite? Vem aqui me ajudar... Pega a enxada, que irá dormir profundamente!

Não dormiu essa noite? Vem aqui me ajudar... Pega a enxada, que irá dormir profundamente!

O *babbo*, um homem sábio, descobriu que, para acalmar seus pensamentos e toda sua hiperatividade física, tinha que fazer algo, não bastava deitar-se na cama no final de cada dia.

Este era mais um ensinamento dele: "Se relacione com a natureza! Ame estar com ela! Manuseie a terra, as plantas! Transpire, ponha para fora toda a energia pesada, todos os pensamentos que te perturbam! Nesse momento maravilhoso de interação com a natureza, converse consigo!".

Uma de suas grandes paixões, e também de certo modo um *hobby*, era estar em seu jardim e em sua horta. A vontade e o bem-estar eram tamanhos naquele ambiente, que, frequentemente, se esquecia de vestir uma roupa adequada, de passar protetor solar e colocar um chapéu para se proteger muitas vezes de um sol intenso. Mas ele não estava nem aí com isso, afinal, havia mamãe para ajudá-lo a se lembrar!!!

Quando me refiro a ela, nessa rotina de cuidados, estou falando de inúmeras queixas, afinal, ele ia para a horta com "roupa de trabalho" – é assim que ela chama as melhores roupas, bem cuidadas por ela – e acabava sujando-a com terra e muito suor. Os sapatos então? Enchiam-se de barro ou, muitas vezes, ficavam encharcados de água quando regava suas plantas.

Mas não teve jeito, ele não desenvolveu o hábito de se trocar; na verdade, ele não conseguia controlar o impulso de se jogar no ambiente que o fazia acalmar-se! Acredito que era sua prática de *mindfulness*!

Sempre tivemos um pedaço de terra para ele se divertir, mesmo que muito pequeno, como no caso da casa de praia, mas foi a partir de sua aposentadoria que esse espaço ganhou maior significado em sua vida! Eu me atrevo a dizer que foi esse "espaço de terra", seu relacionamento com a natureza, que o manteve lúcido e ativo por tanto tempo!

Quando íamos para a casa de praia, sempre havia um lugarzinho no porta-malas para suas ferramentas, afinal de contas, era o que ele ia fazer, cortar as heras que ficavam em todas as paredes da casa, trocava tudo por esse serviço, inclusive muitas vezes nem punha os pés na praia!

Nesses repentes de loucura pelo contato com a natureza, podendo visualizar e sentir sua beleza, ele acabava envolvendo toda a família!

Quando comprou o terreno ao lado da casa onde vive até hoje, para aumentar o jardim e criar uma horta grande, colocou todos a trabalhar! Não me lembro de uma ocasião em que eu tenha empurrado tantos "piruzinhos" repletos de terra como nesse dia, em que meus músculos foram tão necessários e utilizados!

Ele com os filhos, genros, amigos do filho e dois ajudantes de jardinagem foram capazes de mudar de posição duas arecas gigantes, nivelar a terra no terreno, aumentar o nível do jardim já existente, plantar grama em quase toda a área e delinear o espaço da horta. Detalhe: tudo isso em apenas um final de semana! Certamente, ele já tinha planejado tudo durante a semana, incluindo a compra dos materiais necessários para essa revolução e a derrubada do muro que separava o terreno adquirido recentemente.

Acreditem, apesar do trabalho insano, esse final de semana foi delicioso, rimos muito (fazemos isso toda vez que nos lembramos desse dia), aproveitamos o convívio entre todos nós e fomos muito bem tratados pela mamãe, que aparecia de tempos em tempos com sucos, cervejas e comidinhas, fazendo que nos mantivéssemos ativos e vivos! Ah... não podemos esquecer que estivemos na companhia das famosas músicas italianas.

Uma vez tudo a postos, ele iniciou sua melhor terapia, o plantio da grande horta!

A primeira imprescindível ação sempre era a busca pelo esterco natural... ele sempre pegava a *pickup* para buscar o famoso esterco num sítio perto da cidade e dizia: "Não se pode plantar sem antes tratar da terra!".

Todo esse cuidado, planejamento e amor pelo que fazia, com certeza, deixava o sabor mais intenso nos alimentos!

Ali foram plantados muitos, mas muitos mesmo, pés de alface de várias espécies! O que tenho a agradecer, afinal, foi graças aos pés de alface roxa que minha filha passou a comer alface! Até hoje escuto: "Mãe, eu quero comer a alface escura do *nonno*!". Até nossos vizinhos queridos passaram a consumir as alfaces do *babbo*, pois, em determinadas épocas, o volume era tamanho, que ele distribuía pela rua, e, muitas vezes, eram os vizinhos que batiam em nossa casa pedindo aquelas maravilhosas alfaces!

Tivemos vários produtos ao longo desses anos: tomate-cereja, cenoura, berinjela, couve, almeirão, mandioca, vários temperos, chás, além dos pés de amora, uva, limão, mexerica! Mas o *radite*, como chamamos o almeirão em italiano, tem sua história particular.

Por se tratar de uma verdura mais amarga, não é fácil de ser aceita por muitos, mas, em nossa família, todos adoram, afinal, era o *radite* da horta do *babbo*! O gosto era especial... o volume que se colhia era gigantesco, que minha mãe passava dias cozinhando as folhas maiores e as congelava; assim, sempre pôde fazer massas com *radite*, tortas com *radite*, refogados com *radite*, enfim, invenção não faltava para os pratos maravilhosos da mamãe com o *radite* do *babbo*. Ah! Sem esquecer das folhas novas, as do miolinho que se transformavam em saborosíssimas saladas!

Ele inventava maneiras e estratégias para regar seu plantio sem que o destruísse, sem fazer buracos na terra; também havia o horário certo para não queimar as folhas, enfim, tudo era planejado e organizado com muito carinho.

Ele adorava cortar grama, não tinha horário, mas, para falar a verdade, ele escolhia, sem querer, os horários mais inadequados.

Nos finais de semana, a primeira coisa que fazia, logo após regar as plantas, era cortar a grama, justamente quando estávamos dormindo ou, então, ao sol bem quente, quando começavam as brigas com a minha mãe para que saísse do sol!

Mas também havia o outro lado, ele sempre ficava bronzeado, com uma cor de pele que provocava inveja em todos, e nunca teve problema com vitamina D! Além das alças das sandálias havaianas tatuadas no peito de seus pés pelo sol!

Não é por ser meu *babbo*, mas ele é um homem muito bonito, charmoso e com uma habilidade social que é capaz de encantar a todos! Vamos fazer aqui um parêntese e falar desta característica dele, de ser um homem m a r a v i l h o s o e muito gentil!

A habilidade social dele foi desenvolvida ao longo de sua vida de uma forma excepcional, atípica, magnífica, a ponto de vivenciar o Alzheimer sem manifestar, em nenhum momento, comportamento agressivo, inapropriado; pelo contrário, continua tratando as pessoas com muita gentileza e, em muitas ocasiões, com elogios e galanteios, nos poucos momentos de fala que ainda lhe restam.

Nos primeiros meses de sintomas mais exacerbados do Alzheimer, em uma noite de confusão mental, ele cismou que não conhecia a minha mãe e não aceitava que ela deitasse na cama com ele. Dizia que aquele espaço, seu quarto, eram suas terras e que aquela estranha mulher não podia ficar ali.

Nesse momento de sua imaginação, ele me chamou e me reconheceu como sua filha. Quando cheguei ao quarto dele, ele gentilmente me explicou toda a situação, dizendo que eu pedisse àquela mulher, minha mãe, que fosse para outras terras. Assim fizemos, a mamãe foi para outro quarto com minha irmã, e eu fiquei ali por uns instantes conversando e rezando até que ele adormecesse.

Muitos desses episódios nos trouxeram sofrimento, principalmente para a minha mãe, ao ver aquele homem cheio de vida perdendo a lucidez, mas eu, particularmente, procurei sempre levar para outra perspectiva, para um lado mais espirituoso, vendo graça nesses episódios, para minimizar todo o peso dessa situação na nossa vida!

Eu costumo brincar com as pessoas, dizendo que, se estiverem com baixa autoestima, que venham conversar com o *babbo* ou simplesmente falar como se sentem ao lado dele, que imediatamente escutarão de sua boca que elas são bonitas, gentis, muito agradáveis, inteligentes, capazes...

Ele sempre acolheu meus momentos de tristeza, de desespero muitas vezes, conseguindo me colocar para cima, mais otimista e confiante, em todos os sentidos!

Já em momentos avançados do Alzheimer, com necessidades especiais para seu cuidado, usando inclusive sonda gástrica para se alimentar e ficando grande parte do dia em uma cama hospitalar instalada em seu quarto, ele agradece por tudo o que nós fazemos por ele!

Difícil de acreditar? Conto aqui para vocês situações simples do dia a dia. Por exemplo, se eu levantar suas costas para ajeitar seu pijama, ao retorná-lo à posição inicial, ele me agradece pelo ajuste. Ou, então, quando ele está um pouco agitado e precisamos ministrar a dieta enteral, chegamos a ele falando que vamos ser rápidas e que logo ele estará livre para se movimentar, ele acaba nos elogiando, dizendo que somos excelentes moças, às vezes enfermeiras, cuidadoras e que ele gosta muito de nossos serviços! Ele é muito fofo, não é?

Fechando o parêntese e retornando ao jardim, trago para vocês as últimas interações dele com a natureza. Enquanto se movimentava com bastante facilidade, vivenciávamos a fase do replantio de suas plantas. O Alzheimer modificou sua relação com o jardim, ele compulsivamente cortava as plantas e as mudava de lugar.

Até que minha mãe entendesse que esse comportamento era um sintoma do Alzheimer, muitas brigas rolaram entre eles, afinal, ele depenou e jogou fora muitas plantas que os dois vinham cultivando por anos.

Tudo isso está sendo um novo ciclo de vida, com muito aprendizado e sofrimento, a ponto de desejarmos que ele pudesse fazer novamente essa destruição no jardim em vez de murchar como uma flor que está morrendo!

Hoje não temos certeza se ele consegue ter alguma interação com seu jardim, mas, nos poucos períodos que consegue sair da cama, colocamo-lo sentado na varanda de seu quarto, que é voltada para o jardim, e mostramos a beleza do jardim, dizendo que foi ele que o fez e que agora seu filho o mantém em sua homenagem.

Essas ações continuam sendo o nosso foco, mostrar o quanto ele é inspirador e importante em nossa vida, e que, mesmo não existindo mais a grande horta, mantivemos uma pequena horta de temperos e toda a parreira, mantendo os cuidados como ele.

Nesse último Natal, nós filhos, por alguns finais de semana, nos envolvemos na costura de telas para a cobertura das uvas (e cobri-las como ele sempre fez), mas agora de forma mais eficaz e menos trabalhosa, pois não temos todo o tempo que ele despendia com elas. Foi um grande e cansativo trabalho, mas gerou muitas lembranças e felicidade, talvez para compensar este sentimento de perda que já estamos vivendo!

Mesmo não tendo conseguido usufruir de uma grande produção, afinal, faltaram-nos alguns cuidados, todos comemos aquelas poucas uvas com o maior prazer, debaixo da sombra das parreiras, com um sorriso na cara que não consigo descrever, mas tenho certeza de que vocês conseguem conceber!

Decerto, esse amor pela natureza, e o bem que ela nos traz, já está presente inclusive na geração mais nova, nas netas! Irei falar delas com o *nonno* sem demora, prometo... Virem a folha!

VIII
Nonno em seu melhor momento de vida, com suas netas

Nonno em seu melhor momento de vida, com suas netas

A coroa dos velhos são os filhos dos filhos;
e a glória dos filhos são seus pais.
– Pr 17, 6

Trago para vocês a ocasião de sentir a plenitude do amor! Sim, estou falando do *nonno* com suas netas, e esse ciclo se inicia com minha filha!

Minha filha é adotiva, e o meu *babbo* acompanhou, de muito perto, o meu sentimento com relação a esse momento de vida, tornar-me mãe! Entre as situações que mais me geraram felicidade, a ponto de doer o peito até hoje, aparecem o *nonno* e minha filha.

Após uma viagem exaustiva, de milhares de quilômetros, com várias escalas, e um dia de intensas emoções e percalços, eu cheguei em casa com a minha filha no colo e a única coisa que queria ver e sentir era o olhar dele! Lembro do semblante dele ao nos avistar! Quanto amorrrrr! Vi seus olhos se encherem de lágrimas de tanta emoção, e essa imagem me confortou imediatamente!

Naqueles segundos, só passava em minha mente a responsabilidade que havia assumido, a maturidade que devia ter e o medo de não ter feito o certo... Eu estava em pânico!

Do que eu mais precisava era justamente sua presença, ali me esperando com o seu colo – meu primeiro movimento foi deixar minha filha nos braços de minha mãe e correr para os braços abertos de meu *babbo*!

Acalmei-me... e, logo em seguida, corri para o banheiro onde vomitei muito e pus para fora todas aquelas incertezas, pois eu finalmente estava abrigada, protegida e salva por ele! Naquela hora, ficou claro e reafirmou em meu coração apertado que não importava ser filha de sangue ou filha adotiva, o que importava era ter me tornado mãe daquela doce menina!

Quando bebê, minha filha tinha preferência por colinho; depois do meu, o que ela mais amava era o do *nonno*, ele era capaz de niná-la com facilidade, cantando músicas italianas bem baixinho. E, naquele embalo quentinho e aconchegante, ela adormecia como um anjinho!

Com o passar do tempo, o *nonno* continuou sendo para a primogênita uma referência, não somente como um porto seguro, um colinho gostoso, mas como alusão ao pertencimento de um grupo familiar, afinal, ele era o único de cabelos e olhos castanhos como ela.

Ela respondia tranquilamente que era "igualzinha ao *nonno*" às pessoas que perguntavam o motivo de não ter os olhos verdes como seus pais! Realmente avós são afeto, amor e referência!!!

A relação instaurada é de amor incondicional, acolhimento, conforto, paciência, muita cumplicidade! Isso foi o que aconteceu ao longo do relacionamento entre o *nonno* e suas três netas.

Além de contar as inúmeras histórias da família, de sua infância, da infância de seus filhos e como era o passado, ele adorava criar aquele "agito"!!!

Brincar no tapete ou na grama de cavalinho com elas era pura diversão. Quando menos esperávamos, estavam as três penduradas nas costas do *nonno* naquela gritaria e felicidade! Mesmo quando ele não aguentava mais, sem forças para se pôr de quatro, elas se jogavam em cima dele!

Por causa de sua paixão pela horta, ele não resistiu e comprou várias ferramentas de tamanho pequeno para que elas pudessem participar desses momentos de prazer. Muitas vezes, elas eram coletoras de tomate-cereja, cortadoras de pé de alface, coletoras de figo e limão subindo em escadas para alcançar os frutos, e regadoras, pois adoravam pôr as mãos na água.

Lembro também de quando ele nivelava o jardim com terra; ele, antes de espalhá-la, deixava uns montinhos pela grama só na espera das netas; quando elas avistavam, saíam correndo para pisotear e espalhar com as mãos, como se estivessem brincando de massinha!

As meninas não podiam dizer que gostavam de alguma coisa, que lá ia ele planejar as ações para satisfazê-las! Assim fez construindo um tanque de areia no meio de sua horta, onde passavam horas a fio, fazendo comidinhas e castelinhos de areia!

Também providenciou balanço, redes para que as brincadeiras rolassem soltas com muitas risadas e entusiasmo.

Não podia faltar a casinha, e acabou comprando uma casinha de plástico, leve, capaz de ser mudada de lugar conforme as estações do ano ou as brincadeiras que elas inventavam, vejam bem no que ele pensava! No inverno, colocávamos tapete ou edredom antigo no chão e a casinha por cima para que elas não pegassem friagem. Já em pleno verão, muitas vezes essa casinha acabava indo para dentro da piscina. Era incrível o êxtase que ele provocava nessas meninas! A aventura era o seu ponto forte!

Em sua casa, existe um quartinho conhecido como quartinho da *nonna*, onde armazenou por anos os brinquedos, bicicletas e carrinhos. Lugar sempre lotado e não muito bagunçado, por conta das broncas da *nonna*.

Nos finais de semana e férias, o jardim, o quintal e a piscina pareciam um parque de diversão, com muitas possibilidades para o desenvolvimento da criatividade dessas molecas! Ao final do dia, não acabavam as emoções, pois montavam acampamentos com as almofadas dos sofás e ainda havia barracas montadas na famosa sala da *nonna*!

Aí estão vários pontos positivos da relação que se estabeleceu entre netas e *nonno*, reviver as memórias, transmiti-las por gerações e identificar em seu ser a vitalidade física e emocional de um jovem! Porque era assim que víamos eles brincando, quatro crianças! As três netas e seu *nonno*!

A primogênita nasceu bem grande e acabou ganhando a fala carinhosa do *nonno* de "minha pequenininha", e, em vários momentos atuais, ao vê-lo com os sintomas do Alzheimer, ela faz referência a ele como sendo hoje o "pequenininho", afinal, perdeu muito peso e apresenta uma aparência toda enrugadinha.

Ela também adora a seguinte frase, expressa recentemente em momento de lucidez: "Minha pequenininha, ame sempre!".

Ele, querendo expressar seu amor pela *nonna*, conta a ela que foi amor à primeira vista, que a *nonna* era muito jovem quando o conheceu e que "desabrochou" ao começar a namorá-lo! Ela achou muito engraçada e carinhosa a maneira de ele falar! Vai ficar na lista das lindas e significativas memórias!

Seguro de si... sim, sempre foi assim, se não era capaz de fazer, corria atrás para aprender ou buscar outro jeito de fazer! Esse era ele! Era assim em todos os contextos, criativo e tinha amor por ensinar ou estar *insieme*, junto de quem necessita ou pode usufruir de seus ensinamentos!

Respeito, determinação, autoconfiança, entusiasmo, curiosidade para aprender, imaginação criativa, honestidade, compromisso em nossa vida foram habilidades apresentadas e estimuladas por ele, contudo não somente aos filhos e netas, como também aos menores aprendizes, que viveram e foram formados por ele em seu trabalho! Seus filhos e netos de coração!

Babbo é emoção!!! Sentido a seguir... anatomia do amor!

IX
O sinal da cruz a cada amanhecer! A espiritualidade do babbo! O amor de Deus em sua vida!

O sinal da cruz a cada amanhecer! A espiritualidade do babbo! O amor de Deus em sua vida!

Aja de modo que, pelas suas ações
e pelas suas palavras,
qualquer pessoa saiba que você
procura o bem das almas.
– Dom Bosco

Tudo começou com a religiosidade da minha *nonna*! Ela possuía uma disposição invejável para seguir, refletir e abordar os sentimentos religiosos, as coisas sagradas! Poderíamos dizer que ela era conhecida como uma beata ou, talvez, uma "rata de igreja"!

O que importa mesmo é que a imagem que tenho dela é de uma pessoa calma, bondosa, justa e acolhedora!

Muitos com quem conversei, ao longo desses anos, diziam que o grande sonho dela era que o *babbo* fosse um padre! Não sei se isso tem alguma influência, mas também escutei muito que meu *babbo* tinha cara e jeito de padre!

Isso me faz lembrar do quanto ele era querido no meu colégio por todos, do quanto as freiras elogiavam sua prontidão em sempre ajudar, em estar presente na nossa vida escolar, em fazer parte da Associação de Pais e Mestres, em nos ajudar com os trabalhos da feira de ciências e, principalmente, em me socorrer das broncas da mamãe, como quando perdia material escolar. O famoso apontador sempre foi o meu calvário!!!

Quando isso acontecia, eu ia correndo até ele, às vezes até chorando, para que me ajudasse. Então ele abria a gaveta da cozinha, pegava uma faca afiada (se não houvesse uma, ele afiava na hora) e apontava meus lápis com a maior boa vontade, e ainda por cima ia me acalmando dizendo que não precisava chorar, que nós já estávamos dando um jeito! Olhem bem o uso do "nós" na frase! Muito fofo!!! Não é à toa que ele é meu herói!!!

Além da formação influenciada pelo espírito religioso da família, ele estudou em colégio de padre, o Colégio Dom Bosco! "Coitados desses padres", era assim que os irmãos do *babbo* se referiam nos tempos de colégio; como sofreram com a rebeldia, com a agitação e contestação dele!

Sei dessa história toda, porque, recentemente, em uma viagem para a Itália com ele e as netas, decidimos ir até o Colégio Dom Bosco para mostrar e relembrar a época de estudante do *nonno*. Foi fantástico!

Para ele, era muito difícil aceitar as regras impostas pela educação dos padres, uma educação bem rígida! A única pessoa que tinha controle dele e contribuía para a sua regulação emocional era a *nonna*! Enfim, os anos foram se passando e tudo se acomodando num processo de aprendizagem e de muito amor por parte da *nonna*!

Todo esse contexto contribuiu para que ele desenvolvesse uma espiritualidade incrível, sua propensão a buscar e a dar significado para a vida, como algo maior que si próprio, é esplêndida! No caso dele, considero que está ligada à sua experiência de vida! E acabou passando para nós o conceito de espiritualidade relacionada à saúde mental!

Era importante que entendêssemos, na nossa educação, que o bem-estar espiritual estava intimamente conectado com a nossa qualidade de vida e que, principalmente, dependia de nós mesmos! Resumindo, saúde para ele envolvia a dimensão física, psíquica, espiritual e social!

Isso é tão presente em nossa família, que pode ser demonstrado através do valor que damos a algumas festas religiosas, como o Natal e a Páscoa!

Vemos o Natal como uma comemoração que relembra o nascimento de Jesus Cristo, mas, por trás desse fato, vem a esperança, o tempo de renovação, o momento do perdão! É uma oportunidade de esquecer as amarguras e de se fortalecer, pensar em seu bem-estar e no de sua família, e, na medida do possível, seguir pelo próximo ano com esse sentimento!

Nesse espírito, só há lugar para alegria, e sempre foi assim, Natais felizes! Muita comida, bebida, presentes inusitados e maravilhosos para todos, música tocando alto, presença do Papai Noel, decoração natalina pela casa toda, realização da novena natalina, orações no dia vinte e cinco em família, muitas risadas e animação! Uma atmosfera de otimismo! Sem contar que a castanha só era assada na noite de vinte e quatro, após ele cortar uma a uma, como um ritual!

No Natal de 2019, quando ainda havia momentos de lucidez, eu propus que ele dançasse com a minha irmã enquanto eu cantaria uma linda música italiana, e ele aceitou!!! Que emoção, esses instantes ficaram eternizados em nossa memória!!! Ali, ele ainda estava presente!

Na Páscoa não era diferente: como no Natal, existia, antes de mais nada, o momento de telefonar para os familiares na Itália, falávamos sempre com todos os tios e primos! Logo em seguida, começava a busca pelos inúmeros ovos de Páscoa escondidos no jardim ou em ninhos construídos em caixas de papelão feitos pela minha avó! Delícia de momento!

Algo me vem à mente ao lembrar desses momentos...

Quando éramos pequenos, a nossa maior preocupação era esconder os chocolates do *babbo*, senão ele atacava e acabava comendo sem dó os nossos ovos de Páscoa! Ele, quando mais novo, era um perfeito chocólatra!!! Já na época das netas, ele tornou-se muito mais contido! Sorte delas!

Crescemos então, sempre lembrados da importância de mantermo-nos calmos e fraternos! Saúde mental em primeiro lugar! E quando não conseguíamos essa paz de espírito, ele estava sempre por perto para nos ajudar, com uma palavra sábia e amiga! Se preciso fosse, também com ações enérgicas e firmes que nos confortavam e acolhiam!

Eu amo sentir o abraço dele! Até hoje, a primeira coisa que faço ao vê-lo é deitar a minha cabeça em seu peito quando está na cama, pegar seus braços e colocá-los em mim, como se ele estivesse me abraçando, e dizer a ele: "Como eu precisava desse abraço, como gosto do seu colinho e como te amooooo!

Outro momento marcante, com toda a sua espiritualidade, foi o dia do meu casamento! Creio que, como fui a primeira filha a casar, ele estava muito emocionado, vivenciava pela primeira vez o significado de levar sua filha ao altar, diante de Deus!

Um pouco antes de sairmos para a igreja, restando apenas eu e ele em casa, descemos a escada de madeira, feita pelo *nonno* e ele, e, ao chegarmos no *hall*, ele me olhou de forma tão carinhosa e profunda e, em seguida, me deu o melhor abraço do mundo! O silêncio era absoluto! Não havia espaço para uma palavra sequer! A anatomia do amor estava ali!

As missas de domingo, quando éramos crianças, eram demais... adorávamos! Tudo por conta do Padre Cláudio, que ficava mexendo as sobrancelhas e as orelhas enquanto celebrava a missa. Isso nos intrigava! Não conseguíamos entender como ele fazia isso. Mas, mesmo com essa situação engraçada, meu *babbo* gostava muito da nossa presença nas missas.

Conforme íamos crescendo, íamos entendendo o significado, e, cada vez mais, as nossas idas à igreja não eram mais por um simples pedido do *babbo*!

O *babbo*, ao se aposentar, passou a frequentar as missas diariamente. O que lhe fazia muito bem todas as manhãs! Fazia parte de seu planejamento de trabalho diário! Além disso, chegou a comentar várias vezes que era um momento tão especial para ele, de tanta oração e entrega espiritual, que diversas vezes conseguiu visualizar sua mãe junto a ele rezando!

Também tivemos momentos engraçados, o Alzheimer já dando sinais, nessas idas à igreja!

Num dia, ao sair da missa, foi até o estacionamento e não achou o carro. Entrou em pânico! Acionou o guarda da paróquia para ajudá-lo nessa situação. Após confirmarem que realmente o carro não estava lá, o *babbo* decidiu ligar para a mamãe para pedir a placa do carro, que ele não lembrava.

Ao atender ao telefone e escutar o *babbo*, a mamãe começou a rir sem parar! Imaginem por quê? O carro estava na garagem, e ele havia ido a pé até a missa! Ainda bem que ele ligou para a mamãe antes de ir à delegacia e fazer queixa de roubo!

Nessa época, o Alzheimer ainda não trazia grandes complicações e comprometimentos em sua rotina, apenas eram momentos que acabavam virando fatos engraçados! Graças a Deus, o pior do Alzheimer demorou a se manifestar! Começou a viver essa realidade devastadora, e nós ao seu lado, a partir de 2019!

Desde então, procuramos nos apoiar nas lembranças, na nossa fé, em uma excelente equipe multidisciplinar que o atende, e a certeza de que estamos fazendo o nosso melhor para ele! Sempre com a anatomia do amor agindo!!!

X
Tu sei una AMADIO

Tu sei una AMADIO

Eu cresci escutando estas quatro palavrinhas, "tu sei una Amadio"! Sou segura em dizer que me sinto honrada de ser uma Amadio! Porque é para mim sinônimo de vida, amor, otimismo e altruísmo! E hoje aproveito essa mesma expressão para conseguir que ele, neste momento de Alzheimer avançado, reaja ou simplesmente mostre toda a energia que lhe resta.

Atualmente, quando ele fala, prefere falar em italiano e em baixo volume. Fica difícil de entendê-lo e é justamente esse um dos momentos em que digo a ele: "Tu sei un Amadio, *parla forte*!".

E, cooooomo falava forte, muitas vezes não era compreendido, achavam que ele estava brigando ou sendo grosso, quando, na realidade, era seu jeito de ser! Uma voz repleta de explosão e muita emoção! É aí que me vejo nele, sou assim também! A ponto de perder a voz de tanto falar dessa forma...

Em um evento, eu ministrava uma palestra sobre dislexia, e na plateia, me assistindo, havia um rapaz cego, portanto ele apenas me ouvia. Ao final do evento, ele se encaminhou até mim e me perguntou: "Você é uma pregadora cristã? Parece um padre de uma missa católica carismático falando!". Fiquei surpresa por uns instantes e logo perguntei por quê.

Ele repetiu os sinônimos mencionados acima para fazer referência à minha voz: "Eu amei te ouvir, você é vida, amor, otimismo e altruísmo! Naquele momento, o rapaz encheu meu coração de alegria, e na hora a única coisa que me veio à cabeça para falar foi: "Obrigada, acho que sou meu *babbo*!". Desde então, nós nos comunicamos pelas redes sociais, e, de forma carinhosa, ele me escreve em italiano! Olha o *babbo* aí presente em nossa vida!

Não param de fervilhar coisas... pensamentos, sentimentos, fatos em minha mente! Existem duas expressões que ele usa até hoje e que adoramos, rimos muito, porque acabam sendo utilizadas como forma de indignação e não compreensão dos fatos! "Ma que?!" e "ma va?!". É tão bonitinho ver expressá-las, adoro isso!

Em um Natal, no final da noite antes de ele dormir, sentamos no sofá, e ele começou a elogiar sua casa, sua esposa e a decoração natalina presa na escada, e a minha filha sentada ao lado, adorando escutá-lo! Em um determinado momento, como a conversa passava por um clima nostálgico, eu indaguei-lhe se ele imaginava ter uma filha de cinquenta e dois anos. Na hora, soltou um "ma va?!", provocando risada em todos!

Imediatamente, ele virou para a minha mãe e perguntou: "Irene, quantos anos eu tenho?". Ao que ela respondeu: "Oitenta e sete!". Então ele soltou a outra expressão: "Ma que?!", querendo dizer que não podia ser! E seguiu falando: "Imagina, eu tenho sessenta e cinco anos!". Novamente, todos se acabaram de tanto rir no início de uma feliz madrugada!

Acabei passando essa paixão pelo *babbo* para a minha filha. A qualquer momento, se pedir que fale de seu *nonno*, de maneira certa, ela abrirá as imagens e vídeos de seu celular para mostrar o *nonno*, e logo seu semblante se transforma! O sorriso se estampa em seu rostinho lindo!

Suas marcas estão presentes em todos, vejo até mesmo no meu marido, que, ao conviver com ele durante esses trinta e nove anos, já usa certa expressões e gestos do *babbo*!

Às vezes, chego a brigar com ele para não as usar, dizendo que parece um velho, mas, falando a verdade e pela primeira vez, não é bem isso que me incomoda! É o fato de ele se apropriar daquilo que é do *babbo*, sinto como se ele ocupasse e retirasse o espaço dele, e não pode ainda! Apesar de toda a realidade cruel do Alzheimer, o *babbo* ainda está aqui, preparando-nos para a sua partida!

Nossos amigos também o adoram, principalmente aqueles que tiveram a sorte de conviver com a hiperatividade dele!

Num Réveillon, com a casa lotada de jovens e apenas dois adultos sensatos e responsáveis – o *babbo* e a mamãe –, ele não conseguia dizer "não" aos nossos amigos que brotavam em nossa casa de praia; melhor dizendo, não negava o acolhimento! Ele chegou a esvaziar a sala de jantar, colocando a mesa com as cadeiras na parte do fundo que era coberta, para que amigos do meu irmão dormissem espalhados nos colchões pelo chão.

Juro que não é exagero, não havia um espaço sequer livre, até o corredor dos quartos acomodava colchões com os jovens amigos!

Ainda nesse clima, numa manhã de sol bem quente, o *babbo* capinava o jardim da frente da casa quando, de repente, apareceram mais dois outros amigos do meu irmão perguntando se daria para ficarem; na hora o meu irmão pediu desculpas, contando a situação de lotação da casa e que ele não teria como acolhê-los!

Meu *babbo* deixou o serviço de lado, para não dizer seu prazer, e chamou meu irmão propondo a ele que oferecesse o quartinho do fundo aos amigos, aquele cheio de tranqueiras!

Caso eles não se incomodassem em dormir entre os guarda-sóis, cadeiras de praia, ferramentas e uma geladeira mega barulhenta e velha, o espaço seria todo deles! Na realidade, o *babbo* tinha ficado com pena desses moleques! Lógico que eles aceitaram! Não preciso dizer o quanto foi maravilhoso o nosso Réveillon!

Foi assim, por exemplo, que ele foi nos ensinando o valor de uma amizade! A confraternização de boas e significativas ocasiões entre amigos sempre foi valorizada por ele!

O meu aniversário de quinze anos foi perfeito! Ele, me conhecendo muito bem, propôs um aniversário totalmente diferente dos convencionais! Fizemos uma festa no clube de campo da empresa em que ele trabalhava, com direito a churrasco, música alta, jogo de futebol, banho de cachoeira ao longo de um sábado! Reuni os amigos, fomos para lá – a grande maioria de nós, de moto – e retornamos à noite. Inesquecível! O sucesso da festa acabou se espalhando entre os jovens da minha cidade!

Outra festa nesse nível, elaborada e diferente, foi o aniversário de dezoito anos da minha irmã! Nessa ocasião, uma de suas casas estava desalugada. Pronto, ali estava a oportunidade de planejar uma linda festa em um espaço delicioso! Os quartos serviram para acomodar os amigos de outras cidades, e as salas, varandas e jardim, para acomodar a festa, que perdurou até o amanhecer! A vizinhança é que não ficou muito feliz com a barulheira e animação!

Mas não era somente com essas grandes ideias que ele nos encantava. Quando éramos bem pequenas, eu e minha irmã sonhávamos com o dia de o *babbo* cortar o cabelo no Sales. Afinal, ele nos levava junto para que, depois do corte, comêssemos pastel de queijo e tomássemos caçulinha no comércio ao lado da barbearia! Consigo sentir o gosto de tudo isso escrevendo para vocês!

E quando ele nos presenteava? Não importava a ocasião, sempre tinha uma surpresa, algo inesperado! Quando completei dezoito anos, comemoramos com uma festinha muito singela, sem nenhuma emoção. Naquele dia, fiquei muito decepcionada e triste, pensando no que poderia ter acontecido ou até mesmo se eu tinha feito algo de errado para não acontecer nada de especial.

Que nada, era ele novamente planejando algo! Ele havia me comprado um carro, e, como atrasou a entrega, preferiu seguir com a festinha e não falar nada! Na semana seguinte, sem que eu soubesse de nada, armou uma festa, escondeu a chave do carro e na hora me deu de presente um cartãozinho, que me levava pela casa a outros cartãozinhos, e, conforme eu desvendasse as charadas, seguia a brincadeira até a chave do meu carro! Que emoção! Ele estava na garagem com um laçarote vermelho em cima!!!

Também me lembro do primeiro óculos de sol com lentes espelhadas que ganhei! Um luxo só, sem qualquer motivo especial para ganhá-lo! Quando ele voltava de suas viagens à Itália, também éramos surpreendidos com mimos bem legais para a época! Adorei ganhar a caneta esferográfica com doze cores diferentes, isso foi demais, não existia no Brasil! Fazia o maior sucesso na escola!

Ele era feliz em nos tornar felizes! Ficava muito claro essa necessidade dele, sempre nos presenteando com algo mais que um objeto – o amor, a surpresa e o encantamento estavam sempre envolvidos – e, assim, foi nos mostrando o verdadeiro conceito de considerar o próximo!

Na primeira vez que cheguei em sua casa com minha filha nos braços, estava ele me esperando com uma rosa de seu jardim nas mãos! Não era qualquer rosa, e sim uma colhida da roseira que nasceu de uma muda do jardim da minha bisavó!

É o que tentamos fazer hoje com relação à nova geração da nossa família. Um por todos e todos por um! Simples assim!

Recordaremos, a cada dia de nossa vida, a frase mais famosa dele: "Se tem um problema, é porque você tem uma solução! E não se preocupe, porque se não tiver solução, é porque não existe o problema!".

PARTE II
ALZHEIMER

ALOIS ALZHEIMER
14.6.1864 - 19.12.1915
Fotógrafo desconhecido
Images from the History of Medicine (NLM)
Wikimedia Commons

CAPÍTULO I

A doença de Alzheimer apaga muitas memórias, mas a do nonno não! Será eternizada neste livro!

Anna Lia Amadio Belli

Inicialmente, para compreendermos a doença de Alzheimer (DA) e sua singularidade, precisamos entender o que é demência.

Também chamada de transtorno neurocognitivo maior ou ligeiro, a demência não é uma doença específica, mas sim um grupo de sinais e sintomas que compõem uma condição clínica ou uma patologia, independentemente de sua etiologia. Logo, a demência é definida como uma síndrome caracterizada pela redução/disfunção progressiva e absoluta das funções cognitivas, resultando em alterações significativas na memória, linguagem, personalidade e comportamento, que frequentemente está associada ao processo de envelhecimento e, dessa forma, apresenta grande potencial de interferir nas atividades diárias, afetando diretamente a qualidade de vida do paciente portador (ABREU; FORLENZA; BARROS, 2005; COSTA, 2021).

No meio de imensuráveis patologias que acometem o ser humano, as que provocam um maior impacto na qualidade de vida dos pacientes são as doenças que atacam o sistema nervoso, chamadas de doenças neurodegenerativas. Tais patologias são incuráveis e debilitantes, que, como consequência, apresentam degeneração gradual e/ou morte dos neurônios. Dito isso, a causa mais comum de demência em pessoas de idade avançada é a doença de Alzheimer (NASCIMENTO, A. *et al.*, 2021).

Quando focamos em dados epidemiológicos, nos últimos anos, com o aumento da expectativa de vida dos brasileiros, portanto o aumento do envelhecimento populacional, nota-se um aumento da incidência de casos de síndromes demenciais, como a doença de Alzheimer. Dessa forma, podemos afirmar que a doença de Alzheimer é diretamente proporcional à expectativa de vida, sendo atualmente considerada um grave problema de saúde pública (ALMEIDA, C.; PEREIRA, 2022).

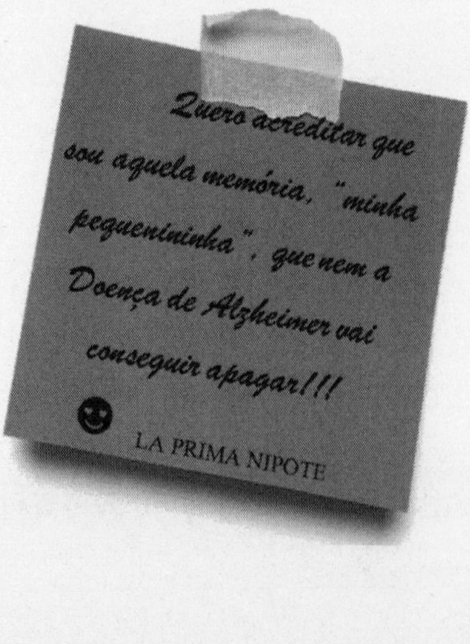

Fonte: página 107

Por que este nome? Alzheimer!

Quando penso na doença de Alzheimer, percebo que a maioria não conhece sua verdadeira história. O primeiro estudo a respeito da patologia foi realizado pelo renomado neuropatologista e psiquiatra Alois Alzheimer, há mais de um século (NASCIMENTO, A. *et al.*, 2021).

Abra seu coração, que lá vem história! Agora vocês já sabem de onde vem o nome doença de Alzheimer (DA): Aloysius (Alois) Alzheimer (1864-1915).

Alois Alzheimer nasceu na Alemanha, na cidade de Marktbreit, na Baviera. Em sua educação, o foco sempre foi a ciência, o que o levou a cursar medicina na Universidade Real de Friedrich Wilhelm, em Berlim (CÂMARA FILHO, 2022).

Aos vinte e quatro anos, recém-formado, foi contratado para trabalhar como médico assistente em um hospital psiquiátrico em Frankfurt, dirigido pelo Dr. Emil Sioli. Nesse hospital, também conheceu o Dr. Franz Nissl, um mestre em neuropatologia, criador da técnica de análise histológica dos neurônios, denominada "O método de Nissl" (CÂMARA FILHO, 2022).

Foi nesse ambiente profissional, com o Dr. Emil Sioli e o Dr. Franz Nissl, que participou de inúmeras pesquisas científicas, fundamentadas na análise do cérebro dos próprios pacientes, relacionando as alterações anatomopatológicas com os sintomas presentes (ENGELHARDT; GRINBERG, 2015).

Diante desse contexto, podemos dizer que ele empregou muitas horas de trabalho no laboratório analisando seus achados microscópicos, desenvolvendo a habilidade de retratar detalhadamente as lâminas com tecido cerebral obtido através de necropsia (ENGELHARDT; GRINBERG, 2015).

Com seu empenho e suas pesquisas, conseguiu realizar um mapeamento das doenças do sistema nervoso que eram conhecidas da época; dedicou-se, principalmente, ao estudo do alcoolismo, arteriosclerose cerebral, epilepsia e psiquiatria forense, além de contribuir para a neurobiologia do envelhecimento (CÂMARA FILHO, 2022).

Alzheimer acompanhou e relatou o caso da Sra. A. D., uma mulher de cinquenta e um anos que apresentou perda de memória progressiva, evidenciando desorientação e perturbações comportamentais, após uma súbita crise de ciúme; segundo o marido, isso havia começado cerca de seis meses antes de sua internação. Quando foi a óbito em 1906, pôde realizar a autópsia; e, ao examinar seu cérebro e prontuário, Alzheimer identificou algumas anomalias (NASCIMENTO, A. *et al.*, 2021).

Interessante relatar que alguns pesquisadores, ao analisarem e reanalisarem as lâminas do cérebro da Sra. A. D., confirmaram um acúmulo de uma substância incomum no córtex cerebral, hoje conhecida como proteína β-amiloide, sobre a qual comentaremos mais adiante (CÂMARA FILHO, 2022).

Alguns anos depois, prosseguindo em seus estudos e pesquisas, o Dr. Alzheimer encontra a mesma anomalia no paciente J. F. e fica convencido de que estava diante de uma nova patologia. É daí que surge o termo doença de Alzheimer, que foi introduzido na nova edição do tratado de psiquiatria do Dr. Emil Sioli (CÂMARA FILHO, 2022).

Na época, a "nova" patologia recebeu muitas críticas e controvérsias entre médicos e pesquisadores que afirmavam que Alois Alzheimer estava equivocado de diversas formas. Tal discussão só foi resolvida na década de 1990, quando vários materiais (lâminas, prontuários e relatórios) foram encontrados nos porões da Universidade de Munique e estudados pelo neuropatologista Manuel Graeber. Tratava-se da preparação histológica do cérebro dos pacientes A. D. e J. F., que descrevia toda a história clínica deles (CÂMARA FILHO, 2022).

Atualmente, a doença de Alzheimer é a forma mais comum de demência, e fica evidenciada a necessidade de contínuas pesquisas e estudos científicos capazes de aprimorar e desvendar novas formas terapêuticas, e, quem sabe, a cura para essa patologia!

Atenção aos sinais de alerta! Fique fora dos fatores de risco! Cuidados e prevenção são a chave!

O termo "fator de risco", na área médica, é a chance que uma pessoa saudável, ao ser exposta a determinados fatores – ambientais/físicos (temperaturas extremas, radiação, ruídos, pressões anormais etc.), químicos (poeiras, fumos, névoas, vapores, gases etc.), hereditários (não modificáveis - genética) e hábitos (modificáveis) –, tem de desenvolver ou evoluir uma patologia.

No caso da doença de Alzheimer, existem inúmeros fatores de risco que contribuem para a sua manifestação e muitos podem ser evitados, como os hábitos (ALMEIDA, C.; PEREIRA, 2022).

A mudança no estilo de vida é essencial para a diminuição dos riscos da DA. A estimulação cognitiva, atividade física diária, hábitos alimentares mais saudáveis (como a dieta do mediterrâneo, explicada no Capítulo III) são considerados com alto grau de prevenção da doença (ASSOCIAÇÃO BRASILEIRA DE ALZHEIMER, c2019a).

A idade avançada é o fator de risco mais bem estabelecido para o desenvolvimento do Alzheimer, porém não é considerado a causa direta. A incidência da doença de Alzheimer é maior em pessoas com mais de sessenta e cinco anos (ALMEIDA, C.; PEREIRA, 2022).

Já a história familiar é outro fator de risco crucial e extremamente comum. As pessoas que têm familiares (pais, irmãos ou irmãs) diagnosticados com tal enfermidade apresentam uma maior probabilidade de desenvolver o Alzheimer. Ressaltando que o risco é maior se mais de um membro da família possuir a patologia (ASSOCIAÇÃO BRASILEIRA DE ALZHEIMER, c2019a).

Há pesquisas e estudos que associam a saúde do cérebro à do coração. Se pensarmos bem, até que faz sentido. O nosso cérebro é nutrido por uma cadeia vascular extremamente rica, e o nosso coração tem a função de bombear todo o sangue através desses vasos até o cérebro. Mas, caso o coração ou a rede vascular apresente alguma complicação, o risco para o desenvolvimento da doença de Alzheimer aumenta (ALMEIDA, C.; PEREIRA, 2022).

O sono é um processo fisiológico normal, em que nós relaxamos e recarregamos as energias para o dia seguinte. Durante o sono, o nosso cérebro realiza uma "limpeza" por meio de ductos do sistema glinfático, que opera mais ativamente durante o sono, eliminando todas as toxinas presentes no sistema nervoso central (SNC). Quando pensamos na doença de Alzheimer, a falta de sono acarreta a deficiência da drenagem da proteína β-amiloide, a qual é produzida constantemente quando estamos acordados, levando ao seu acúmulo e ao processo fisiopatológico (ALMEIDA, C.; PEREIRA, 2022).

A falta de estimulação cognitiva na infância, relacionada principalmente com a baixa escolaridade, pode desencadear o desenvolvimento do Alzheimer, fator que facilmente poderia ser evitado com uma política pública educacional eficiente e efetiva (ASSOCIAÇÃO BRASILEIRA DE ALZHEIMER, c2019a).

Traumatismo cranioencefálico, síndrome metabólica (obesidade, sedentarismo, diabetes mellitus, dislipidemias), tabagismo e depressão prévia também são mencionados em pesquisas como possíveis fatores de risco para a doença de Alzheimer (ASSOCIAÇÃO BRASILEIRA DE ALZHEIMER, c2019a).

> Deu ruim! A memória do nonno começou a falhar! A idade avançada e o sono de péssima qualidade (apneia) podem ter contribuído para este momento de vida!
>
> LA PRIMA NIPOTE

Alzheimer... conhecimento e aprendizado!

Apesar de muitas pesquisas e estudos sobre a causa da doença de Alzheimer, ela não é totalmente esclarecida!

A doença de Alzheimer é uma desordem neurodegenerativa caracterizada pela presença extracelular de placas senis com agregados de β-amiloide e pelos emaranhados neurofibrilares intracelulares compostos de proteína Tau (NASCIMENTO, A. *et al.*, 2021; EDIN; BABICZ; SWIECH, 2022).

Quantas palavras complicadas, assim fica difícil de entender. Então vamos explicar do começo?

A proteína precursora amiloide (APP) é constituinte do cérebro humano e tem como principais funções o transporte de ferro, regulação das sinapses, plasticidade neural e atividade antimicrobiana. O gene que a codifica está presente no cromossomo 21 (NASCIMENTO, A. *et al.*, 2021; EDIN; BABICZ; SWIECH, 2022).

A APP sofre clivagem (quebra em fragmentos menores) através das proteínas beta e gama secretases, gerando peptídeos β-amiloides. Esse processo é chamado de via amiloidogênica (EDIN; BABICZ; SWIECH, 2022).

Os peptídeos β-amiloides são extremamente importantes no funcionamento das sinapses, atuando na interação com os receptores. A formação dos peptídeos β-amiloides ocorre quando estamos acordados e sua eliminação, durante o sono. Após a formação, os peptídeos β-amiloides são liberados na via extracelular. São quimicamente "pegajosos", o que justifica sua predisposição à agregação, apresentando, dessa forma, alta toxicidade neuronal. Tal agregação dá origem às placas senis responsáveis, em parte, pelo Alzheimer (NASCIMENTO, A. *et al.*, 2021; EDIN; BABICZ; SWIECH, 2022).

Alguns estudos mostram que outras estruturas que compõem as placas senis, os chamados oligômeros, são extremamente tóxicas e apresentam maior facilidade para a dispersão cerebral. São os grandes responsáveis pela neurodegeneração e perda de memória. Foi constatado que os oligômeros destroem os neurônios localizados nas áreas cerebrais da memória, áreas que são afetadas pela DA (FALCO *et al.*, 2016).

O processo de clivagem, mencionado anteriormente, ocorre no interior dos neurônios, principalmente nos endossomos (organelas membranosas no interior celular). Os endossomos são as primeiras organelas a apresentar sinais de neuropatologia na DA. Os peptídeos β-amiloides gerados são processados pelos lisossomos e, por fim, tendem a se acumular em endossomos e lisossomos (FALCO *et al.*, 2016).

Inúmeras mutações no gene da proteína precursora amiloide elevam a chance de uma pessoa desenvolver a doença de Alzheimer. A maioria dos pacientes diagnosticados com síndrome de Down (trissomia do cromossomo 21) possuem maiores riscos de desenvolver o Alzheimer precocemente (em torno de quarenta anos) (GIANNOCCO, 2020).

Atualmente, o modelo que nos explica a origem da doença é chamado de hipótese amiloide, proposto em 1991. Contudo, alguns estudos recentes afirmam que em cérebros de idosos saudáveis pode haver agregados extracelulares β-amiloides, indicando, apesar de esse processo ser importantíssimo para a gênese da doença, a existência de outros mecanismos envolvidos (NASCIMENTO, A. *et al.*, 2021; EDIN; BABICZ; SWIECH, 2022).

As mutações no gene da presenilina 1 e 2, que operam ativando a gama e a beta secretases e acabam com o processo de acidificação dos lisossomos, deixando-os incapazes de processar adequadamente os peptídeos β-amiloides, provocando o acúmulo em seu interior, são consideradas um desses mecanismos. Assim, as mutações no gene da presenilina e da APP estão associadas ao Alzheimer familiar, ou seja, estão associadas à predisposição genética (NASCIMENTO, A. *et al.*, 2021; EDIN; BABICZ; SWIECH, 2022).

Além disso, na doença de Alzheimer, observam-se emaranhados neurofibrilares intracelulares da proteína Tau. A proteína Tau é essencial na manutenção da estabilidade dos microtúbulos (estruturas do citoesqueleto, fundamentais na manutenção das estruturas dos neurônios) dos axônios neuronais (FALCO *et al.*, 2016).

Em alguns casos, a proteína Tau sofre fosforilação (processo de adição de grupamentos fosfato na proteína) excessiva, o que a faz gerar uma estrutura em formato de S, produzindo assim os emaranhados neurofibrilares (NASCIMENTO, A. *et al.*, 2021; PAULA; GUIMARÃES; FORLENZA, 2009).

Os emaranhados neurofibrilares se dissociam dos microtúbulos, gerando agregados insolúveis e instáveis. Lembrando que os microtúbulos são fundamentais para o transporte intracelular, mas, com sua instabilidade, tornam-se imensamente prejudicados. Esse processo é denominado tauopatia (PAULA; GUIMARÃES; FORLENZA, 2009).

Tal como ocorre às placas senis, os agregados da proteína Tau são tóxicos, e as formas consideradas com maior toxicidade neuronal são as oligoméricas solúveis. Acredita-se que essas proteínas Tau alteradas possam ser transmitidas através das sinapses, contribuindo para a disseminação da patologia. Além disso, essa alteração da proteína Tau aparenta afetar a atividade oxidativa das mitocôndrias*, contribuindo para a formação de radicais livres e para o desbalanço energético, o que acaba favorecendo a degeneração neuronal. Ao mesmo tempo, de forma semelhante, o estresse oxidativo mitocondrial favorece o mau funcionamento da proteína Tau (FALCO *et al.*, 2016).

Além da proteína β-amiloide e da proteína Tau, existe mais uma associada à doença de Alzheimer, denominada Apolipoproteína E. Produzida principalmente pelos astrócitos** no SNC, é responsável por transportar colesterol aos neurônios. O colesterol é um importante componente das membranas celulares, possuindo inúmeras funções fisiológicas. A Apolipoproteína E nos neurônios possibilita o agrupamento das proteínas precursoras amiloides, com a gama-secretase, favorecendo assim a formação dos peptídeos β-amiloides; e, no espaço extracelular, interage com eles, auxiliando na agregação e consequentemente na formação de placas senis. A Apolipoproteína E também é uma ativadora da micróglia*** (células proinflamatórias) (FALCO *et al.*, 2016).

As mutações genéticas no gene da Apolipoproteína E, quando prejudiciais, estão relacionadas com o surgimento tardio da doença de Alzheimer, sendo ca-

* Mitocôndrias são organelas celulares presentes em todas as células eucariontes, sendo responsáveis pelo processo de respiração celular.

** Astrócitos apresentam corpos celulares pequenos com ramificações que se alongam. Visualmente são células da neuróglia que possuem forma estrelada e fornecem sustentação aos neurônios. Também são conhecidos como uma bomba de combustível dos neurônios e, por fim, essa célula liga os neurônios aos capilares sanguíneos do SNC e à pia-máter.

*** Micróglia é um tipo de célula do sistema nervoso central, que possui função parecida à dos glóbulos brancos na corrente sanguínea, fazendo vigilância constante da medula e do tecido cerebral.

pazes de aumentar o risco. Apesar disso, muitas mutações nesse gene são protetoras (benéficas), diminuindo o risco da doença de Alzheimer, aumentando, dessa forma, as chances de a pessoa evoluir com envelhecimento cognitivo natural e saudável (FALCO *et al.*, 2016).

Tanto a tauopatia como a formação das placas senis (agregação de peptídeos β-amiloides) são eventos interdependentes, que levam à morte dos neurônios, provocam a perda das sinapses e axônios, danos mitocondriais e estresse celular. Podemos considerar que são eventos interdependentes quando existem evidências de que um intensifica o outro. Isso também vale para a mutação da Apolipoproteína E, que exacerba a formação das placas senis, como a formação dos emaranhados neurofibrilares da proteína Tau (PAULA; GUIMARÃES; FORLENZA, 2009).

Outro fator de extrema importância para entendermos a fisiopatologia da doença de Alzheimer é o processo de neuroinflamação. A formação dos agregados de peptídeos β-amiloides ativa células imunitárias como a Micróglia, liberando numerosas citocinas inflamatórias e, dessa forma, acabam ativando mais células microgliais e astrócitos (processo de neuroinflamação) (EDIN; BABICZ; SWIECH, 2022).

Com a evolução da doença e o aumento de placas senis, a neuroinflamação consequentemente se eleva e, assim, gera um processo de neurodegeneração (EDIN; BABICZ; SWIECH, 2022).

A primeira hipótese para descrever a doença de Alzheimer foi introduzida entre as décadas de 1970 e 1980, denominada hipótese colinérgica. De acordo com tal hipótese, a DA se manifesta em decorrência da diminuição da produção do neurotransmissor acetilcolina, e, por conta disso, vários fármacos destinados a aumentar os níveis de acetilcolina no cérebro foram e ainda são utilizados para o tratamento da doença, apresentando efeitos discretos, não interferindo na progressão da doença, mas provocando alívio dos sintomas (FALCO *et al.*, 2016).

Se pensarmos bem, até que faz sentido. Os neurônios colinérgicos realmente são afetados pela doença de Alzheimer, porém não são considerados a causa da doença, e sim uma das consequências.

Até agora, vimos que diversos sistemas atuam simultaneamente e afetam o desenvolvimento da patologia. Disfunções em cada um desses eixos acima podem ter maior ou menor influência na gênese da doença. Todos esses processos se relacionam com fatores ambientais, podendo afetar a evolução da doença. As alterações descritas são marcantes no cérebro do paciente.

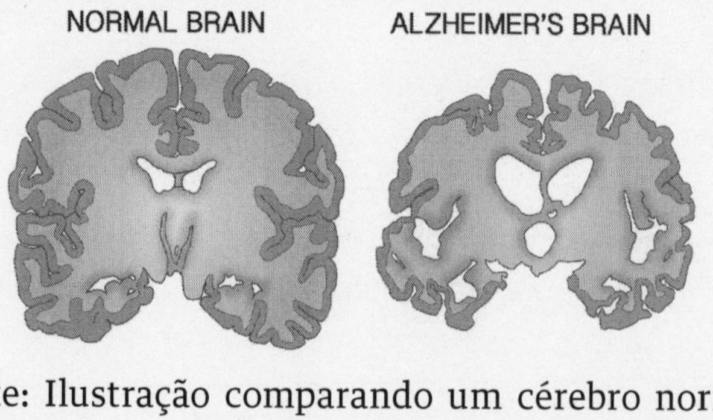

Fonte: Ilustração comparando um cérebro normal (esquerda) com um cérebro padecendo da doença de Alzheimer (direita). Créditos: Science Source/ Easypix Brasil.

Ao compararmos o cérebro de um paciente saudável com o cérebro de um paciente com a doença de Alzheimer (conforme a figura), notamos que o portador da doença apresenta um volume cerebral total diminuído, com os sulcos entre os giros mais largos. Isso ocorre porque, com a morte neuronal, os giros tornam-se mais delgados. Os ventrículos encontram-se dilatados, por conta da diminuição do tecido cerebral ao redor. Além disso, podemos ver que ocorre o afinamento do córtex cerebral em decorrência do menor número de células neuronais.

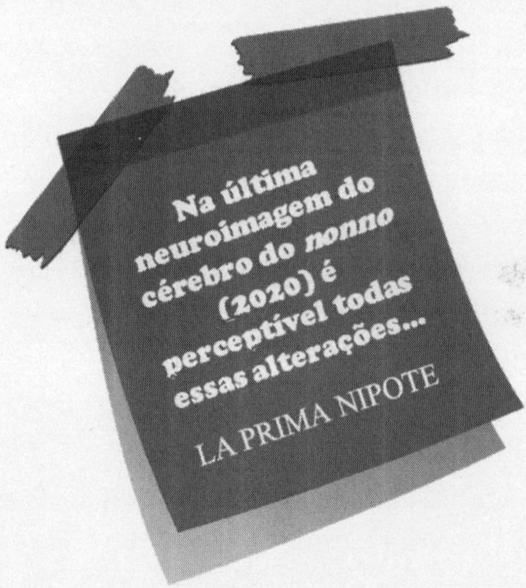

Vamos parar por aqui, afinal, não estamos escrevendo um tratado neuropsiquiátrico! Há diversos estudos referentes a esse assunto; deixo, para aqueles que se interessam, a oportunidade de buscarem por mais!

Diagnóstico! Como saber se tenho Alzheimer?

Nos primórdios da doença de Alzheimer, o seu diagnóstico era realizado principalmente pelo exame patológico do cérebro *post mortem* (pós-morte) dos pacientes. Ainda no século XXI, para se ter um diagnóstico absoluto da patologia, é necessário realizar esse tipo de análise. Contudo, atualmente, existe uma variedade de ferramentas diagnósticas, modernas e avançadas, para avaliar um paciente e, dessa forma, fornecer um diagnóstico mais preciso (REIS; MARQUES, M.; MARQUES, C., 2022).

Um dos principais problemas da doença de Alzheimer é que ainda sofre subdiagnóstico, levando a um aumento da incidência sem total veracidade. O diagnóstico hoje é feito pelo exame clínico, sempre realizado por um especialista (neurologista e psiquiatra), com exames de imagem e análise de biomarcadores*, descartando todos os possíveis diagnósticos diferenciais de demência antes da conclusão do diagnóstico (REIS; MARQUES, M.; MARQUES, C., 2022).

Primeiramente, analisam-se os sintomas que o possível portador pode apresentar, como falta de memória recente, dificuldade para acompanhar conversas e pensamentos complexos, repetição da

* Biomarcadores ou marcadores biológicos são qualquer parâmetro biológico mensurável por meio de exames ou, na realidade, qualquer substância ou componente que possa ser utilizado como um indicador que aponta o estado de alguma doença em particular ou de outro estado fisiológico que esteja sendo estudado em um organismo. Disponível em: https://www.anticorpos.com.br/artigos/biomarcador-prognostico-e-preditivo.

mesma pergunta diversas vezes, incapacidade de planejar estratégias para resolução de problemas, dificuldade para expressar ideias e sentimentos pessoais, dificuldade para dirigir, sendo árduo encontrar os caminhos conhecidos, irritabilidade, conduta de desconfiança de todos sem motivo, agressividade, passividade, errôneas interpretações de estímulos visuais e auditivos e a tendência ao isolamento (BRASIL, 2011).

A doença de Alzheimer apresenta quatro estágios de quadro clínico, já que evolui de forma constante e extremamente lenta. No estágio 1, também conhecido como a forma inicial da doença, o paciente apresenta alterações na personalidade, habilidades visuais e espaciais, e, principalmente, expõe um declínio notável na memória (normalmente a recente) (BRASIL, 2011).

No segundo estágio, a DA se apresenta de uma forma moderada, o portador possui dificuldade para realizar tarefas simples do cotidiano, há uma redução da coordenação motora e dificuldade na fala. Já a forma grave da DA é o estágio 3, em que existe a relutância em realizar as tarefas rotineiras. Presença de incontinência urinária e fecal. Dificuldade para comer, com um déficit motor constante (BRASIL, 2011).

Por último, há a fase terminal, o estágio 4 da DA, sendo a mais angustiante de acompanhar um paciente. O paciente entra em um estado de ausência tanto na fala quanto no movimento, mantendo-se à parte do contexto em que vive, como se estivesse em seu próprio mundo, podendo ou não estar restrito ao leito, com disfagia* e odinofagia**, além de apresentar infecções variáveis e irregulares (BRASIL, 2011).

Além dos sinais e sintomas, existem vários critérios utilizados para o diagnóstico de demência, como os critérios da Organização Mundial da Saúde (CID-10), os da Associação Psiquiátrica Americana (APA), os de Cambridge Examination for Mental Disorders of the Elderly (CAMDEX) e os critérios de Alzheimer NINCDS-ADRDA, que são os mais precisos e utilizados internacionalmente (REIS; MARQUES, M.; MARQUES, C., 2022; CRITÉRIOS, 2017).

Os critérios de Alzheimer NINCDS-ADRDA, propostos em 1984 pelo National Institute of Neurological and Communicative Disorders and Stroke (NINCDS) e pela Alzheimer's Disease and Related Disorders Association (ADRDA), estabelecem que, antes de determinar um diagnóstico clínico possível ou provável de Alzheimer, devem ser realizados os exames neuropsicológicos para confirmar a presença de déficit cognitivo e a suspeita de uma síndrome demencial. Além disso, esses mesmos critérios afirmam que o diagnóstico absoluto da DA só poderá ser concretizado e confirmado por meio do exame histopatológico, em que é feita a análise microscópica do tecido cerebral (REIS; MARQUES, M.; MARQUES, C., 2022; CRITÉRIOS, 2017).

A doença de Alzheimer, pelos critérios NINCDS-ADRDA, pode apresentar deficiência em oito do-

* Disfagia é a dificuldade de deglutir alimentos ou líquidos. Disponível em: https://pebmed.com.br/disfagia-tudo-que-voce-precisa-saber/?utm_source=artigoportal&utm_medium=copytext.

** Odinofagia é a dor durante a deglutição do alimento, enquanto ele está passando pelo esôfago para chegar ao estômago.

mínios cognitivos, sendo eles a memória, linguagem, atenção, capacidades construtivas, orientação, resolução de problemas, capacidades funcionais e percepção (CRITÉRIOS, 2017).

Critérios NINCDS-ADRDA	
Doença de Alzheimer confirmada (DAC)	• O paciente se encaixa dentro dos critérios de probabilidade para a DA, com evidências histopatológicas realizadas através de autópsia e biópsia.
Doença de Alzheimer provável (DAPa)	• É a demência determinada por meio de exames clínicos e neuropsicológicos. • As deficiências cognitivas devem ser de caráter progressivo, estando presentes em duas ou mais áreas cognitivas. • Os déficits aparecem entre quarenta e noventa anos de idade. • Não pode apresentar diagnósticos diferenciais.
Doença de Alzheimer possível (DAPs)	• Há uma síndrome demencial de manifestação ou progressão atípica, de causa desconhecida, sem suspeitas de comorbidades desencadeantes.

Critérios NINCDS-ADRDA	
Doença de Alzheimer improvável (DAI)	• O paciente possui síndrome de demência de aparecimento súbito. • Acompanhada de sinais neurológicos focais, ataques ou transtornos no caminhar durante o início da doença.

Tabela criada e adaptada pela autora com os dados disponíveis em CRITÉRIOS, 2017.

Esses critérios pontuam que o diagnóstico de demência deve ser feito através do exame clínico juntamente aos exames de triagem; e somente com resultados em hipótese positivos para a DA, que se encaminha o paciente para a realização dos testes neuropsicológicos para a confirmação total (REIS; MARQUES, M.; MARQUES, C., 2022; NITRINI *et al.*, 2005).

Os pacientes precisam apresentar um comprometimento progressivo de duas ou mais funções neuropsicológicas, em que é perceptível a interferência de tais deficiências nas atividades rotineiras do paciente (REIS; MARQUES, M.; MARQUES, C., 2022).

Através dos exames complementares, descartamos outras possíveis causas que provocam a demência. Os exames laboratoriais são: hemograma completo, concentração sérica de creatinina, tiroxina (T4) livre, ureia, hormônio tireoestimulante (TSH), albumina, vitamina B12, cálcio, enzimas hepáticas (TGO, TGP e Gama GT) e sorologia para HIV e sífilis (REIS; MARQUES, M.; MARQUES, C., 2022).

Como já mencionado anteriormente, alguns exames de imagem cerebral são muito eficazes para auxiliar no diagnóstico de Alzheimer, descobrindo e eliminando alterações como tumores. Para a doença de Alzheimer, temos a ressonância magnética (RM), a tomografia computadorizada por emissão de fóton único (SPECT) e a tomografia computadorizada por emissão de pósitrons (PET) (REIS; MARQUES, M.; MARQUES, C., 2022).

A tomografia computadorizada (TC) permite-nos tirar raios X de ângulos diferentes, resultando em uma imagem tridimensional do nosso cérebro. Mas, com essa técnica, não é possível visualizar a neurodegeneração produzida pelo Alzheimer. Sendo assim, a utilização da TC possibilita-nos eliminar hipóteses como neoplasias cerebrais e acidente vascular encefálico (AVE), entre outras causas para a demência (REIS; MARQUES, M.; MARQUES, C., 2022).

A ressonância magnética é o exame de imagem mais utilizado para detectar as alterações nas estruturas cerebrais (perda de tecido cerebral) provocadas pela DA. A RM não utiliza raio X, mas sim ondas de rádio que produzem imagens tridimensionais do cérebro humano. Além disso, o diagnóstico precoce do comprometimento cognitivo leve gerado pela DA é muito importante, já que os portadores, quando diagnosticados precocemente, se beneficiam de um tratamento precoce para prevenir e atrasar a evolução do declínio cognitivo (REIS; MARQUES, M.; MARQUES, C., 2022).

O exame de imagem que atualmente tem ganhado muita atenção de médicos e pesquisadores é a tomografia por emissão de pósitrons, conhecida como

PET. Esse exame é extremamente seguro e não invasivo. Através da via venosa, o paciente recebe uma substância que emite baixas doses de radiação à base de glicose, e, dessa forma, conseguimos observar o consumo da glicose em cada parte do corpo e localizar possíveis problemas (SADO, 2016).

Mas o que realmente chamou a atenção da área médica para esse exame foi sua eficácia em detectar depósitos de proteína Tau no cérebro de pacientes diagnosticados com Alzheimer. Isso ocorre por meio de três substâncias diferentes que se comportam como contrastes medindo o aglomerado de proteína Tau, as placas de peptídeos β-amiloides e toda a atividade metabólica dos pacientes com DA (SANCHEZ *et al.*, 2021). O objetivo atual é quantificar a progressão da proteína Tau em pacientes em diferentes estágios do Alzheimer (SANCHEZ *et al.*, 2021; PET, 2021).

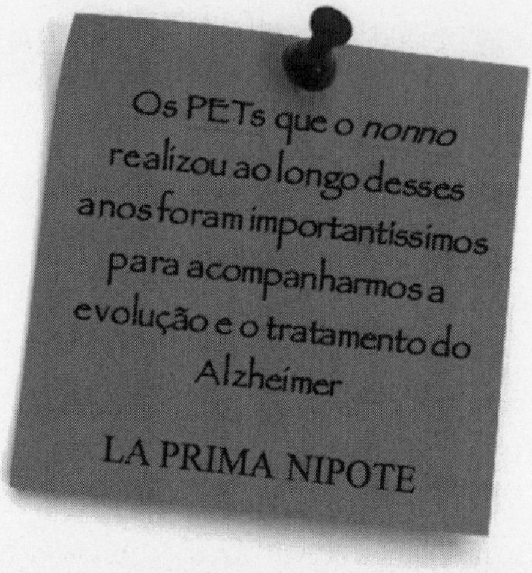

Outro exame de imagem que tem sido usado como diagnóstico complementar para demências é a eletroencefalografia (EEG). Os achados mais relevantes nesse exame são as desacelerações dos ritmos (REIS; MARQUES, M.; MARQUES, C., 2022).

Por fim, é imprescindível o conhecimento sobre os biomarcadores para a DA, pois possibilitam e facilitam o diagnóstico precoce e consequentemente o tratamento. Os peptídeos β-amiloides e a proteína Tau, total e fosforilada, são os principais biomarcadores da doença de Alzheimer, presentes no líquor cefalorraquidiano (LCR). Outro achado relevante dessa patologia são os aglomerados de neurofilamento de cadeia leve (NfL), com alto índice no plasma, o que determina a existência de uma relação das altas concentrações de NfL com a sintomatologia da DA, como o declínio cognitivo (NASCIMENTO, A. *et al.*, 2021).

Tratamento? Sim, é possível!

Ao longo da vida, o cérebro humano sofre incontáveis alterações. Isso se dá pelo processo de envelhecimento, algo totalmente natural. O envelhecer não pode ser considerado sinônimo de inutilidade, patologias e invalidez, pois os sintomas são esperados e fazem parte dessa etapa da vida (SERENIKI; VITAL, 2008; REIS; MARQUES, M.; MARQUES, C., 2022).

Contudo, para muitas pessoas, o envelhecimento não é um processo fácil de se viver. É algo pessoal, próprio, e os hábitos e o estilo de vida de cada um são determinantes para um envelhecimento ativo ou não, e obviamente existe a influência da genética nas condições de saúde na senescência. Quando as conhecemos, podemos prevenir e retardar ao máximo algumas condições futuras que nos deixam dependentes de familiares e cuidadores (SERENIKI; VITAL, 2008; REIS; MARQUES, M.; MARQUES, C., 2022).

> O *nonno* teve hábitos e estilo de vida muito saudáveis quando falamos dos *aspectos* físico e emocional, porém abandonou completamente o *aspecto* cognitivo!
>
> LA PRIMA NIPOTE

Quando pensamos na famosa "velhice", conseguimos imaginar vários sinais e sintomas que fazem parte dessa fase da vida, como um andar mais lento, memória imprecisa, respiração e digestão mais lentas; no entanto, essas alterações pouco interferem na qualidade de vida do idoso (SERENIKI; VITAL, 2008; REIS; MARQUES, M.; MARQUES, C., 2022).

Infelizmente, quando nos referimos à doença de Alzheimer, a realidade muda! A qualidade de vida do idoso pode ficar bem comprometida. Ainda não descobriram uma cura, porém existe tratamento farmacológico, e não farmacológico para alívio dos sinais e sintomas da doença. O foco primordial de qualquer tratamento para Alzheimer é justamente minimizar os sofrimentos e melhorar a qualidade de vida do paciente para, dessa forma, preservar ao máximo sua autonomia (SERENIKI; VITAL, 2008; REIS; MARQUES, M.; MARQUES, C., 2022).

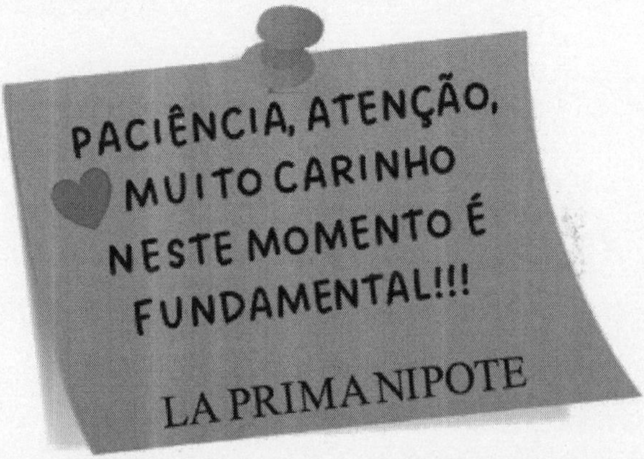

Anteriormente, comentei que existe uma constelação de fatores de risco para o desenvolvimento e evolução da DA. A melhor forma de retardar as manifestações da doença de Alzheimer é por meio da prevenção e do tratamento dos próprios fatores de risco da patologia (SERENIKI; VITAL, 2008; REIS; MARQUES, M.; MARQUES, C., 2022).

Proponho fazermos uma última reflexão sobre alguns aspectos importantes na prevenção contra a doença de Alzheimer – a estimulação cognitiva, a prática de exercícios físicos, um sono de qualidade e uma alimentação balanceada!

A estimulação cognitiva propicia maior tempo até que ocorra a manifestação dos sinais da DA (caso a pessoa venha a ser afetada); ou seja, é possível criar uma resiliência cognitiva. Assim como a prática de exercícios físicos, entre tantos benefícios que gera, contribui para a preservação das sinapses, pois descobriram, através de pesquisas experimentais, que a irisina, um hormônio secretado pelo músculo esquelético, melhora a comunicação entre os neurônios (ALBUQUERQUE; MELO, 2019). Considero inteligente da nossa parte pensarmos em praticar exercícios, não acham?

Sem falar daquele sono adequado de qualidade que merecemos e precisamos ter, pois é nessa fase que ocorre a eliminação de toxinas que se acumulam no nosso cérebro quando estamos acordados. Por fim, a alimentação balanceada, afinal, diversos nutrientes possuem efeito protetor sobre os neurônios, enquanto outros são prejudiciais. Atenção a isso (SOUZA; GUIMARÃES, 2015).

> **O *NONNO* SEMPRE ESTEVE ATENTO A SUA ALIMENTAÇÃO, MAS INFELIZMENTE ELE NÃO CONSEGUIU USAR O CPAP PARA MINIMIZAR OS DANOS DA APNEIA EM SEU CÉREBRO!**
>
> LA PRIMA NIPOTE

O tratamento farmacológico é uma outra opção para melhorar a qualidade de vida do paciente com DA; e esse processo é muito particular e individual, caso a caso, mas é indicado dividi-lo em quatro níveis. O primeiro é o tratamento mais específico, de modo que possui a função de regressão do processo fisiológico da doença, que provoca a morte dos neurônios e a própria demência.

> *Acho que no caso do nonno, não conseguimos realizar essa etapa, até porque não houve a identificação e a própria aceitação de que era um caso de Alzheimer! Quando comentávamos dessa hipótese o próprio nonno usa a sua "bonitinha fala": "Ma che! Ma va!"*
>
> LA PRIMA NIPOTE

O segundo é a perspectiva profilática, que, por sua vez, tem como objetivo atrasar o início do quadro demencial e o declínio cognitivo.

> *Aqui usamos muito a habilidade da nonna de ludibriar o nonno... kkkk! Afinal, nesse momento, ele passou a fazer uso dos adesivos... E ela os colava em suas costas, onde não podia sentir e ver; assim, isso passava desapercebido para aquela mente hiperativa e ligada em tudo!*
>
> LA PRIMA NIPOTE

A terapia sintomática está na terceira posição da nossa lista e propõe uma reparação das capacidades cognitivas, funcionais e comportamentais do paciente. Por último, temos o tratamento complementar, que procura a intervenção das expressões não cognitivas da demência, como psicose, depressão, agitação psicomotora, distúrbio do sono e agressividade (FORLENZA, 2005).

Existem exceções... o *nonno* é esse caso, afinal, mesmo estando no quarto estágio da DA, ele nunca manifestou agressividade! Sempre se mantém carinhoso com tudo e com todos!!!

♥ LA PRIMA NIPOTE

Obrigada, *nonno*, por estar sempre comigo! Vou te ter assim... pertinho sempre! Com orgulho de te dividir com tantas pessoas através da minha escrita!

REFERÊNCIAS BIBLIOGRÁFICAS

ABREU, I. D.; FORLENZA, O. V.; BARROS, H. L. Demência de Alzheimer: correlação entre memória e autonomia. **Arch. Clin. Psychiatry**, São Paulo, v. 32, n. 3, jun. 2005. ISSN 1806-938X versão *online*. DOI: https://doi.org/10.1590/S0101-60832005000300005. Disponível em https://www.scielo.br/j/rpc/a/Wc4D qNyF4kz-bJP6ZWSm5y3D/?lang=pt#:~:text=Discute%2Dse%20 neste%20artigo%20de,evolu%C3%A7% C3%A3o%2C%20 a%20autonomia%20dos%20pacientes. Acesso em: 1 maio 2022.

ALBUQUERQUE, D. A.; MELO, T. R. A influência do exercício físico sobre a qualidade de vida dos pacientes com doença de Alzheimer: revisão bibliográfica. *In*: CONGRESSO INTERNACIONAL DE ENVELHECIMENTO HUMANO, 6., 2019, Campina Grande. **Anais eletrônicos** [...]. Campina Grande: Editora Realize, 2019. Disponível em: https://www.editorarealize.com.br/editora/anais/

cieh/2019/TRABALHO_EV125 MD1_SA2_ID3723_10062019212441.pdf. Acesso em: 25 abr. 2022.

ALMEIDA, C. R.; PEREIRA, A. B. C. N. G. Análise do panorama epidemiológico brasileiro da doença de Alzheimer de 2008 a outubro de 2020. **Revista de Saúde**, [*s. l.*], v. 13, n. 1, p. 54-60, dez./mar. 2022. DOI: https://doi.org/10.21727/rs.v13i1.2841. Disponível em: http://editora.universidadedevassouras.edu.br/index.php/RS/article/view/2841/. Acesso em: 20 abr. 2022.

ASSOCIAÇÃO BRASILEIRA DE ALZHEIMER. **Fatores de risco**. São Paulo, c2019a. Disponível em: https://abraz.org.br/2020/sobre-alzheimer/fatores-de-risco-2/. Acesso em: 4 abr. 2022.

BRASIL. Ministério da Saúde. Biblioteca Virtual em Saúde. **Doença de Alzheimer**. Brasília, DF: Ministério da Saúde, 2011. Disponível em: https://bvsms.saude.gov.br/doenca-de-alzheimer-3/. Acesso em: 4 maio 2022.

CÂMARA FILHO, L. A. Quem foi Alois Alzheimer. **Hospital do Coração**, Natal, 2022. Disponível em: https://hospitaldocoracao.com.br/novo/midias-e-artigos/artigos-nomes-da-medicina/quem-foi-alois-alzheimer/. Acesso em: 14 abr. 2022.

COSTA, B. R. A memória em tela: os grupos de estimulação cognitiva online para pessoas com a doença de Alzheimer.

In: REUNIÃO DE ANTROPOLOGIA DA CIÊNCIA E DA TECNOLOGIA, 8., 2021, São Carlos. **Anais eletrônicos** [...]. São Carlos, 2021. Disponível em https://ocs.ige.unicamp.br/ojs/react/article/view/3833/3698. Acesso em: 15 abr. 2022.

CRITÉRIOS de Alzheimer NINCDS-ADRDA. *In*: Wikipédia, a enciclopédia livre. 2017. Disponível em: https://pt.wikipedia.org/wiki/Crit%C3%A9rios_de_Alzheimer_NINCDS-ADRDA. Acesso em: 9 abr. 2022.

EDIN, N. G. B.; BABICZ, C; SWIECH, J. N. D. A ação do sistema imunológico no Alzheimer: uma revisão. **Visão Acadêmica**, Curitiba, v. 23, n. 1, jan./mar. 2022. ISSN 1518-8361. Disponível em: https://revistas.ufpr.br/academica/article/view/79229. Acesso em: 10 abr. 2022.

ENGELHARDT, E.; GRINBERG, L. T. Alois Alzheimer and vascular brain disease: arteriosclerotic atrophy of the brain. **Dement. Neuropsychol.**, São Paulo, v. 9, n. 1, p. 81-84, Mar. 2015. DOI 10.1590/S1980-57642015DN91000013. Disponível em: https://www.scielo.br/j/dn/a/sRLdVtBkXRqkYGBJJdtfN3n/?format=pdf&lang=en. Acesso em: 3 abr. 2022.

FALCO, A. *et al.* Doença de Alzheimer: hipóteses etiológicas e perspectivas de tratamento. **Quím. Nova**, São Paulo, v. 39, n. 1, jan. 2016. ISSN 1678-7064 versão *online*. DOI: https://doi.org/10.5935/0100-4042.20150152.

Disponível em: https://www.scielo.br/j/qn/a/6QpByS45Z7qYdBDtD5MTNcP/?lang=pt. Acesso em: 6 abr. 2022.

FÁRMACO utilizado para hipertensão aumenta fluxo sanguíneo no hipocampo em pacientes com Alzheimer. **Núcleo de Aprimoramento Científico**, São Paulo, 2020. Disponível: em: https://www.nacientifico.com.br/farmaco-utilizado-para-hipertensao-aumenta-fluxo-sanguineo-no-hipocampo-em-pacientes-com-alzheimer/. Acesso em: 15 abr. 2022.

FORLENZA, O. V. Tratamento farmacológico da doença de Alzheimer. **Arch. Clin. Psychiatry**, São Paulo, v. 32, n. 3, jun. 2005. ISSN 1806-938X versão *online*. DOI: https://doi.org/10.1590/S0101-60832005000300006. Disponível em: https://www.scielo.br/j/rpc/a/RtsYhwfHPBmSvpXgJHzdVWs/?lang=pt. Acesso em: 25 abr. 2022.

GIANNOCCO, G. *et al.* Síndrome de Down: prevalência da doença de Alzheimer e o papel dos hormônios tireoidianos. **Cad. Pós-Grad. Distúrb. Desenvolv.**, São Paulo, v. 20, n. 1, p. 116-131, jan./jun. 2020. ISSN 1809-4139 versão *online*. DOI: http://dx.doi.org/10.5935/cadernosdisturbios.v20n1p116-131. Disponível em: http://pepsic.bvsalud.org/scielo.php?script=sci_abstract&pid=S1519-03072020000100007. Acesso em: 1 maio 2022.

NASCIMENTO, A. S. *et al.* **Análise de biomarcadores do líquor cefalorraquidiano (LCR) associada à doença de Alzheimer.** Trabalho de Conclusão de Curso (Bacharelado em Biomedicina) - Curso de Biomedicina, Centro Universitário de Várzea Grande, Mato Grosso, 2021. Disponível em: http://repositoriodigital.univag.com.br/index.php/biomedicina/article/view/1432/1367. Acesso em: 5 maio 2022.

NITRINI, R. *et al.* Diagnóstico de doença de Alzheimer no Brasil: avaliação cognitiva e funcional. Recomendações do Departamento Científico de Neurologia Cognitiva e do Envelhecimento da Academia Brasileira de Neurologia. **Arq. Neuro-Psiquiatr.**, São Paulo, v. 63, n. 3a, p. 720-727, set. 2005. ISSN 1678-4227 versão *online*. DOI: https://doi.org/10.1590/S0004-282X2005000400034. Disponível em: https://www.scielo.br/j/anp/a/xwZHYJ7w75r67NGtYDFdGhL/?lang=pt. Acesso em: 20 mar. 2022.

PAULA, V. J. R.; GUIMARÃES, F. M.; FORLENZA, O. V. Papel da proteína Tau na fisiopatologia da demência frontotemporal. **Arch. Clin. Psychiatry**, São Paulo, v. 36, n. 5, p. 197-202, 2009. ISSN 0101-6083.

PET identifica a origem da Tau na doença de Alzheimer. **Interação diagnóstica**, São Paulo, 2021. Disponível em: http://www.interacaodiagnostica.com.br/noticias/PETidentifica-a-origem-da-tau-na-doenca-de-Alzheimer-1672. Acesso em: 7 maio 2022.

REIS, S. P.; MARQUES, M. L. D. G.; MARQUES, C. C. D. G. Diagnóstico e tratamento da doença de Alzheimer. **Brazilian Journal of Health Review**, Curitiba, v. 5, n. 2, p. 5951-5963, mar./abr. 2022. ISSN 2595-6825. DOI: https://doi.org/10.34119/bjhrv5n2-172. Disponível em: https://www.brazilianjournals.com/index.php/BJHR/article/view/46060. Acesso em: 1 abr 2022.

SADO, H. N. PET-CT: o que é e para que serve? **Hospital Nove de Julho**, São Paulo, 2016. Disponível em: https://www.h9j.com.br/pt/sobre-nos/blog/petct-o-que-e-e-para-que-serve. Acesso em: 18 mar. 2022.

SANCHEZ, J. S. *et al.* The cortical origin and initial spread of medial temporal tauopathy in Alzheimer's disease assessed with positron emission tomography. **Sci. Transl. Med.**, [*s. l.*], v. 13, n. 577, Jan. 2021. ISSN 1946-6234. DOI: 10.1126/scitranslmed.abc0655. Disponível em: https://www.science.org/doi/10.1126/scitranslmed.abc0655. Acesso em: 23 mar. 2022.

SERENIKI, A.; VITAL, M. A. B. F. A doença de Alzheimer: aspectos fisiopatológicos e farmacológicos. **Rev. psiquiatr. Rio Gd. Sul**, Porto Alegre, v. 30, 2008. Supl. 1. ISSN 0101-8108. DOI: https://doi.org/10.1590/S0101-81082008000200002. Disponível em: http://pepsic.

bvsalud.org/scielo.php?script=sci_abstract&pid=S1519-03072020000100007. Acesso em: 2 maio 2022.

SÍNDROME. *In*: WIKIPÉDIA, a enciclopédia livre. [Flórida: Wikimedia Foundation, 2021]. Disponível em: https://pt.wikipedia.org/w/index.php?title=S%C3%ADndrome&oldid=62405885. Acesso em: 11 nov. 2021.

CAPÍTULO II

E se a sua vida tivesse se transformado em um quebra-cabeça que nunca se encaixa?

Ernane Rodrigo Borges Rijo
Lia Pinheiro

O que as pessoas mais desejam é alguém que as escute de maneira calma e tranquila. Em silêncio. Sem dar conselhos. Sem que digam: "Se eu fosse você". A gente ama não é a pessoa que fala bonito. É a pessoa que escuta bonito. A fala só é bonita quando ela nasce de uma longa e silenciosa escuta. É na escuta que o amor começa. E é na não escuta que ele termina. Não aprendi isso nos livros. Aprendi prestando atenção.
– Rubem Alves, *O amor que acende a lua*

O trabalho com os pacientes acometidos pela doença de Alzheimer (DA), e a escuta psicológica com os familiares/cuidadores, lança um desafio para os profissionais da área, requerendo um manejo clínico e um trabalho multidisciplinar.

Este capítulo abordará a escuta psicológica como meio de auxiliar os familiares no cuidado de si e do outro, tentando compreender como as etapas do tratamento são encaradas pela família, no início, meio e fim (morte) do paciente. Sabemos que a DA é uma doença degenerativa; portanto, saber que um familiar está sofrendo com a doença traz sofrimento para a família. "Ele quer ir embora toda hora, fica andando pela casa e tirando as coisas do lugar. Acorda cedo e não dorme durante o dia, demandando muitas horas de dedicação" (FILHA DE UM PACIENTE COM ALZHEIMER, 2022).

Neste momento, é fundamental o trabalho psicológico de acolhimento, escuta e cuidado dos familiares; e, dentro dessa escuta psicológica, podemos entender quais as preocupações que gradativamente irão surgindo: quem são os membros da família envolvidos nesse cuidado, o grau de parentesco, a idade do paciente, as questões emocionais, financeiras, sociais e, o principal, em que fase da vida a doença foi descoberta.

Cuidar de alguém envolve muitos aspectos, como demanda amor, frustração, carinho, reconhecimento, subjetividade – tanto pelo lado do paciente como pelo lado do cuidador, os dois estão envolvidos em uma troca de afetos, cercados de emoções expressas a cada momento –, e a pergunta que fica é: todos estão preparados para oferecer esse cuidado? Nesse momento, o psicólogo, em um encontro com os familiares, questiona o que é o cuidado, procurando mostrar que existem muitas formas de cuidar e que não está necessariamente ligado somente ao aspecto físico. A busca coletiva de alternativas e estratégias (grupos de apoio, rodas de conversa, grupo psicoterapêutico) é um meio de o sofrimento poder ser revertido em qualidade de vida, levando o cuidador a ficar diante de pessoas que passam por situações semelhantes, podendo experimentar sensação de pertencimento, acolhimento e conforto. Esses grupos/encontros permitem que o cuidador tenha mais recursos para lidar com o idoso, receba apoio e se organize melhor, utilize recursos pessoais para encontrar soluções para os problemas, expresse sentimentos e vivências particulares, atribuindo novo sentido às suas experiências ao encontrar novas formas de enfrentamento (SEIMA; LENARDT, 2011).

Para que as pessoas com Alzheimer se sintam inclusas socialmente e mantenham ao máximo uma certa autonomia, elas devem ser estimuladas a colaborar com tarefas rotineiras e familiares.

As situações de dificuldade surgirão na rotina de cuidado (dar banho, oferecer medicamento); haverá mudanças na vida pessoal e familiar após o adoecimento, necessidade de tomar decisões, bem como dificuldade para lidar com alterações de cognição e comportamento do idoso com demência. Cuidar de um familiar com demência é estressante e pode contribuir para o surgimento de doenças psiquiátricas e físicas nos cuidadores.

A demência não é apenas sobre a perda da memória ou de um familiar querido, mas sobre preservar a dignidade e a esperança até o último instante.

Uma opção para o cuidado não se tornar tão estressante pode ser cada membro da família oferecer o cuidado que lhe cabe: um familiar cuida do agendamento de consultas, outro cuida da compra dos medicamentos, outro cuida da alimentação, questões financeiras etc. As tarefas podem ser divididas, mas, caso alguma pessoa não tenha com quem dividir as tarefas, aí entra o princípio fundamental, a organização. Parece ser uma coisa simples, mas a organização e o cuidado andam de mãos dadas. Com uma boa organização, sobrará tempo para o familiar/cuidador olhar para si mesmo e realizar suas atividades diárias, como estudo, trabalho etc.

Queremos, nesse momento, mostrar a importância do engajamento da família no tratamento e o quanto é efetivo buscar por informações plausíveis, tendo em vista que os cuidadores necessitam de uma rede social de apoio que inclua a assistência ao idoso com Alzheimer e as necessidades emocionais, financeiras e psicológicas.

É como se a sua vida tivesse se transformado em um quebra-cabeça que nunca se encaixa.

O que é a doença de Alzheimer (DA)?

Conhecer a doença é fundamental. Vivemos em um momento de muita informação e desinformação. Devemos ficar de olho e buscar tirar as dúvidas sempre no lugar certo. E qual é esse lugar? Podemos dizer que tudo começa com a observação do comportamento dos idosos.

A doença de Alzheimer (DA) é uma das patologias que causam incapacidade física e cognitiva parcial ou total do portador. À medida que a doença progride, aumenta a demanda de cuidados e a supervisão constante, papel desempenhado, na maioria das vezes, por um membro familiar (SEIMA; LENARDT, 2011).

Segundo a Associação Brasileira de Alzheimer (c2019b), a doença é a mais comum de demência neurodegenerativa em pessoas idosas. Ao observarem o comportamento do ente, os familiares começam a sentir um estranhamento, e, nessa altura, vem a pergunta: "O que será que está acontecendo com ele (a)?". A demência em idosos remete a um conjunto de fatores que incluem a perda da identidade do sujeito, sendo que esse mesmo sujeito se distancia de si mesmo, com comportamentos que apagam sua subjetividade.

Estudos apontam que há três estágios no desenvolvimento da doença: no estágio inicial, geralmente, o acompanhamento do paciente pode ser à distância, pois ele mantém certa autonomia. No estágio moderado da doença, há maior exposição a riscos e o monitoramento passa a ser necessário e crescente. No estágio avançado, os cuidados tendem a ser constantes. Em cada etapa, há desafios próprios, que requerem flexibilidade para uma boa adaptação às mudanças.

Aceitar que um familiar está sofrendo de uma doença degenerativa, e perderá para sempre sua memória, pode levar alguns familiares a entrar em um estado de negação. Freud (2014) em seu texto "A negação" diz que o sujeito, ao se deparar com a realidade que trará uma frustração e descontentamento, usa a negação para evitar o sofrimento. Isso acontece de forma inconsciente, levando o indivíduo a fugir totalmente da realidade, pois a negação é conhecida como um mecanismo de defesa.

Quem tem Alzheimer muitas vezes cria algumas histórias cotidianas que não ocorreram, mas que, para o indivíduo, são reais. Nesses casos, é mais indicado concordar em vez de criar ansiedade negando as histórias.

O psicólogo, através da escuta ativa, identifica esse mecanismo de defesa, pois é entendido que os familiares estão de certa forma driblando a realidade, ou seja, existe algo que está inadequado e acaba provocando um desprazer. Como fugir da realidade não é o melhor caminho para aquele que vai cuidar de alguém que sofre de Alzheimer, temos que entrar em contato e auxiliar os familiares a entenderem suas defesas.

A teoria psicanalítica considera, no trabalho com familiares/cuidadores, os princípios éticos e teóricos, os quais, através da escuta clínica e da subjetividade, são colocados em questionamento. Campos, G. (2000, p. 99) complementa essa ideia dizendo que "as práticas não são somente médicas, mas de todas as profissões que lidam no dia a dia com diagnóstico, tratamento, reabilitação e prevenção secundária".

Para que o cuidado aconteça, é fundamental que os familiares entendam o que é a doença de Alzheimer (DA) e quais são seus sintomas; sejam informados, compreendendo o tratamento, efeitos dos medicamentos, efeitos colaterais dos medicamentos, categorias de exames, todas as informações que poderão ser coletadas com a equipe multidisciplinar que participará do atendimento/tratamento. Além de médicos (geralmente neurologistas, geriatras, psiquiatras ou clínicos gerais), há a atuação de psicólogos, enfermeiros, terapeutas ocupacionais, fonoaudiólogos, fisioterapeutas, nutricionistas, educadores, educadores físicos, assistentes sociais e dentistas.

Os psicólogos devem sempre buscar fundamentação na prática clínica, visto que as doenças neurodegenerativas, comuns em trabalhos com idosos, levam os idosos e seus familiares a redefinirem a identidade subjetiva ocupando novo papel na sociedade. Esse trabalho de redefinição pode ser feito com a ajuda de um psicólogo, em um contexto clínico, que deve entender qual a demanda apresentada pelos familiares. Nesse âmbito, Vorcaro (2010, p. 11), em um estudo psicanalítico com idoso, faz referência à "responsabilização do analista quanto ao seu ato e à transmissão da sua prática clínica, obrigando cada analista, em cada caso, a recriar o método, constituindo um estilo na sua prática".

Todos sabemos que existe um aumento global da população de idosos, e isso requer um novo olhar da psicologia para com essa população e uma discussão sobre as condições sociais do envelhecimento. O corpo denuncia a passagem do tempo, impondo a eles os limites físicos e psíquicos, sempre mostrando a proximidade da morte. Muitos idosos tendem ao retorno das lembranças do passado, seja pelo discurso ou pelos comportamentos. Em ambas as situações, que agora acontecem com mais dificuldades, ainda mais em uma sociedade onde a velocidade de comportamentos e informação faz parte do dia a dia, muitas vezes eles não conseguem acompanhar o que lhes ocorre interna e externamente. No entanto, para quem sofre da DA, infelizmente, a velocidade que se apresenta na vida é a da perda cognitiva, dos lutos impossíveis e das perdas do "EU", levando-os a questionar: "Quem sou eu?".

"Conhecia de perto o doloroso processo de desligamento que vai ocorrendo naturalmente. Tentei não entrar numa espiral de desespero. Era preciso reunir forças para cuidar dela e tranquilizá-la" (DURANTE, 2021).

Contar ou não contar

Muitos familiares que recebem o diagnóstico de um familiar com a doença de Alzheimer ficam na dúvida se contam ou não sobre a doença. Nesse momento, é responsabilidade da família observar, primeiramente, se o paciente tem condições de receber a notícia; caso não, recomendamos que os familiares recebam orientações dos profissionais envolvidos no acompanhamento do paciente, antes de tomarem tal decisão. Devemos lembrar que estamos falando de uma doença degenerativa, que não tem cura, mas pode ser tratada a fim de amenizar os sintomas. Os avanços da medicina têm permitido que os pacientes tenham uma sobrevida maior e uma melhor qualidade de vida, mesmo na fase grave da doença.

É um processo que envolve muita dor, e os familiares podem se reunir para dialogar sobre as possibilidades de contar ou não, tentando preservar a saúde mental do idoso, pois ele pode não saber lidar com a situação, achando que será um peso para a família, tornando-se totalmente dependente, perdendo sua autonomia, dando trabalho para a família, pensando em questões financeiras (custos do tratamento). Mas tudo isso é relativo, pode ser que o paciente esteja pronto para receber a notícia e que, na medida do possível, contribua com o tratamento. Esse é um passo muito importante e cabe somente aos familiares decidir.

O paciente com Alzheimer move-se na trilha movediça do esquecimento mais radical. Um não lugar e um não tempo, nem memória nem história, eis a crônica de uma morte anunciada, quando os elos da memória e da história se rompem. Um caminho sem volta, que leva à descontinuidade e ao descentramento de si, da existência, do destino (BARROS; QUEIROZ, 2009, p. 87).

Com o avançar da doença, a degeneração do cérebro, as falhas na memória se tornam mais frequentes e, consequentemente, comprometem a atenção; instâncias encarregadas de receber informações do exterior não passam mais por um juízo de valor, a doença faz surgir um estranho, apresentando comportamentos, pensamentos e falas que, em muitos casos, não condizem com a postura do sujeito, o qual em outro momento não agiria dessa forma. Esse movimento é mais estranho para os familiares do que para o doente. Nesse momento, os familiares precisam entender em qual estágio da doença o paciente se encontra, para que de nenhuma forma eles se afastem dele, deixando que os comportamentos que vão sendo apresentados sejam maiores que o cuidado que possa ser oferecido.

O principal motivo pelo qual as famílias optam por não revelar o diagnóstico é preservar o paciente da realidade de perdas que a doença implica. Em outras palavras, famílias costumam ser contrárias à revelação do diagnóstico da DA ao paciente para evitar consequências emocionais negativas, como reações depressivas. Tais reações de fato podem acontecer, principalmente quando o paciente ainda está com a consciência preservada e, portanto, consegue entender sua situação e as repercussões negativas da doença.

Outra desvantagem da revelação é que não se pode garantir que a compreensão do paciente sobre sua condição aconteça.

Momento de cuidar

A pessoa acometida pela DA necessita de cuidados, entrando em cena os familiares/cuidadores. Podemos pensar em uma troca de relação, uma atenção destinada ao outro, pautada por um zelo, um auxílio, em que os cuidados são oferecidos de forma básica ou específica, dependendo da demanda de cada caso. Segundo Gonçalves (2009), dentro dessa troca estão envolvidos sentimentos que remetem aos recursos psicológicos que cada pessoa tem para entregar, conforme a situação; e, como foi mencionado, cada cuidador assume uma função segundo sua singularidade.

> *É claro que não é fácil ver alguém que você ama com todas as forças adoecer desse jeito. É um desafio constante assistir ao definhar do corpo humano e da vida. Dizem que cuidar de um idoso e de uma criança dá trabalho semelhante,* mas discordo. A criança a gente cria e prepara para o futuro, enquanto, no caso de uma velhinha com uma doença sem cura, a tensão e o desgaste são permanentes (PECCOLI, 2021).

O diagnóstico da DA pode desencadear divergências na família, principalmente na hora de dividir as tarefas ou a falta de organização de um dos membros da família. Um outro fator relacionado às dificuldades de estabelecer o cuidado são as dúvidas e inseguranças, gerando uma possível sobrecarga física e emocional no cuidador. Essas dificuldades podem ocorrer desde o início da doença até a morte do paciente. O Alzheimer afeta a memória, a fala e a noção de espaço e tempo do paciente, podendo provocar apatia, delírios e, em alguns casos, comportamento agressivo, pois estamos falando de uma doença degenerativa.

O comportamento do idoso com DA, no decorrer da evolução da doença, pode trazer desconforto aos familiares, considerando a presença de sintomas psiquiátricos que alteram a conduta do idoso, como a dificuldade de reconhecer os familiares e a possibilidade de apresentar atitudes agressivas para com os cuidadores, apatia, raiva, tristeza (GARRIDO; ALMEIDA, O., 1999).

"Anthony (Anthony Hopkins) tem 81 anos e parece um velhinho teimoso. Hostiliza as cuidadoras de idosos providenciadas por sua filha, Anne (Olivia Colman), e parece às vezes francamente desagradável" (MEU PAI, 2020).

Cuidar de pacientes idosos com DA é uma tarefa complexa. Esse cuidado contínuo, associado à realização de outras tarefas, é uma característica presente na realidade dos familiares cuidadores, o que propicia uma maior sobrecarga na vida desses indivíduos, uma vez que ações cotidianas – como banho, alimentação, administração de medicações, higienização – tornam-se situações desgastantes pela resistência do idoso a realizá-las, devido aos seus distúrbios comportamentais e de memória, que o induzem a acreditar que são ações dispensáveis (CESÁRIO *et al.*, 2017).

Com a exposição prolongada a situações de desgaste, uma maior predisposição ao desenvolvimento de quadros de estresse é verificada entre os cuidadores, demonstrando o quanto a saúde desses indivíduos torna-se vulnerável (LENARDT *et al.*, 2010).

Dessa forma, a melhor maneira de lidar com a situação é a paciência e uma boa conversa. É claro que não é simples, e, muitas vezes, as pessoas que cuidam sentem-se cansadas e frustradas, mas dar segurança aos pacientes e acalmá-los em momentos de agressividade e irritabilidade é uma forma eficaz de contornar os sintomas.

Aquele que cuida precisa estar em um processo psicoterápico, aquele que olha muito para a demanda do outro acaba esquecendo-se de suas demandas, desejos e vontades. De certa forma, a vida continua, e cuidar do outro não pode apagar o cuidado de si, as demandas são acompanhadas de estresse, sofrimento, e são momentos difíceis em todo o período da doença. Às vezes, manter a intensidade do cuidado do começo ao fim da doença é uma tarefa muito difícil, pois o cuidado e a intensidade mudam em todo o processo de tratamento. O psicólogo analisa a qualidade de vida dos cuidadores e oferece suporte necessário para os familiares, influenciando severamente na qualidade de vida da dinâmica familiar.

O cuidado dos pacientes idosos causa impacto psicológico nos familiares/cuidadores, e as alterações de comportamento dos pacientes com DA afetam também o cuidador, que pode tomar para si os problemas, relacionando as mudanças de comportamento como falhas dos seus cuidados (MAZOCO; SUGUIHURA; WECHSLER, 2017).

Dentro dos aspectos citados, podemos definir duas categorias de cuidados: a primeira é o cuidado especializado, oferecido por médicos, enfermeiros, psicólogos que fazem parte de uma equipe multidisciplinar; e a segunda está relacionada aos cuidados oferecidos pelos familiares. No cuidado especializado, as relações são profissionais, não são pautadas por emoções ou vínculo emocional, de curta duração. Já o cuidado não especializado está associado ao idoso, ocasionando maior sofrimento psíquico no cuidador, pois este está ligado diretamente ao tratamento, recebendo todas as informações, positivas e negativas do paciente. Relacionando ao progresso da doença, esse cuidado acontece de forma mais intensa do que as práticas especializadas, sendo que em alguns casos o cuidado pode durar vinte e quatro horas, dependendo do quanto a doença está avançada. Os afetos positivos no ato de cuidar estão relacionados à satisfação de poder cuidar de quem já o assistiu, um sentimento de gratidão.

"Com o tempo, vamos aprendendo a lidar com as situações. É importante ter paciência, carinho e atenção, fazer a pessoa se sentir viva. Ela tem Alzheimer, não está morta. Quando existe amor, tudo fica mais fácil" (FILHA DE UM PACIENTE COM ALZHEIMER, 2022).

A psicanálise contribui para esta visão do cuidar. Figueiredo (2012) postula a "teoria geral do cuidar", em que o cuidado está relacionado ao acolhimento, e, para um bom acolhimento, é necessário desenvolver empatia, entender o lugar daquele que é cuidado, um cuidado do corpo e da alma.

O psicólogo que acompanha familiares que cuidam de idosos com DA deve considerar os aspectos dinâmicos afetivos durante o processo, ressaltando o sofrimento presente e qual a posição do sujeito diante dos cuidados que realizam, pois, em muitos casos, o autocuidado do familiar que realiza essa assistência, diversas vezes, torna-se inexistente (BORGHI *et al.*, 2013).

> Sempre digo que o bom humor é capaz de alcançar a nossa alma, amenizando o sofrimento. No meu

> caso, vi que era possível criar cenários mais favoráveis e divertidos para a minha avó. Isso, sem dúvidas, fez toda a diferença para ela e para todos nós (AGUZZOLI, 2015).

Momentos de escuta

> Percebi que a cabeça da minha mãe estava começando a falhar no Natal de 2019. Sempre tão lúcida e ativa, dona Rosalinda do meu coração, como a chamo, apresentava os primeiros lapsos de memória, falava coisas desconexas e já não lembrava o que havia almoçado. Tinha início ali, aos 80 anos, um novo capítulo em sua vida e em nossa história. Os médicos disseram que ela havia sofrido um AVC e a diagnosticaram com Alzheimer, a mesma doença degenerativa que minha tia, sua irmã, tivera anos antes (SAMPAIO, 2021).

Os familiares que cuidam de idosos sempre ficam atentos ao aparecimento de sintomas. É nesse momento que os familiares começam a escutar e a perceber o declínio cognitivo, que talvez já tivesse se apresentado em algum outro momento; os que cuidam de idosos podem de certa forma entender qual a importância do acolhimento e da escuta no cuidado, sabendo que as abordagens não farmacológicas no tratamento da DA têm sido mais evidenciadas nos últimos 30 anos. Elas acontecem antes da administração de medicamentos, e isso pode ser realizado pelos cuidadores, utilizando esses métodos, investindo no cuidado dentro de suas limitações, sejam elas científicas ou técnicas, não importa. Seja o tratamento farmacológico ou não farmacológico, o importante é proporcionar uma melhora na qualidade de vida do paciente com DA, lembrando que as clínicas farmacológicas e não farmacológicas andam de mãos dadas. O objetivo dos tratamentos é aliviar os sintomas existentes, permitindo que boa parte dos pacientes tenha uma progressão mais lenta da doença, conseguindo manter-se independente nas atividades da vida diária por mais tempo.

Moraes (2008, p. 366) diz que a clínica não farmacológica deve "incrementar ou melhorar a capacidade do indivíduo para processar e usar a informação, assim como permitir o funcionamento adequado da vida cotidiana". É nesse momento que o psicólogo poderá auxiliar os familiares/cuidadores na escuta dos idosos, para que possam entender a necessidade que se apresenta, com o psicólogo escutando o familiar dentro de sua subjetividade, para compreender como esse mesmo familiar se sente cuidando do idoso com DA. A escuta é uma tarefa fundamental nesse cuidado e não deve jamais ser deixada de lado nas relações. É através dela que os familiares buscam novas informações sobre a doença, suas etapas, formas de tratamento, locais de tratamento, tudo para suprir não só as necessidades do idoso, como as suas também. A escuta e o acolhimento são fatores presentes em um trabalho psicoterápico, sem os quais seria impossível acolher o outro, e é através dessas ações que entendemos os limites que se apresentam no cuidado, os desejos, as demandas, a posição do sujeito no mundo.

Segundo Dunker (2011, p. 439-440):

> A escuta torna-se, assim, essência desse novo projeto clínico. Escuta metódica, atenta ao detalhe, à pequena incongruência, ao deslize, à repetição ou à ruptura da fala. Flutuante e aberta a interrupções, insistências e silêncios do discurso. Tal escuta trará para o centro da cena clínica aquilo que o olhar médico deixava na sobra. (...) A psicanálise é uma clínica, mas uma clínica que submete sua estrutura a seus próprios pressupostos. A hipótese que introduzimos aqui é a de que a psicanálise subverte, na acepção forte do termo, o estatuto dos parâmetros da clínica da qual se originou. Há uma relação de corte e ruptura constitutiva quando se pensa na passagem de uma clínica do olhar para uma clínica da escuta.

CONSIDERAÇÕES FINAIS

O psicólogo que atende os familiares/cuidadores de idosos com DA colabora para uma leitura sobre os afetos envolvidos no ato de cuidar, permitindo que o familiar verbalize, elabore e ressignifique seu sofrimento, mas podemos pensar que em alguns casos a emoção e o sofrimento não são construídos, mas sim impostos, sendo essa dificuldade causada por questões sociais relacionadas à falta de recursos. Outro ponto que deve ser considerado é ter que cuidar de alguém que não tem consideração, afeto positivo, dificultando a relação de acolhimento, cuidado e escuta, configurando uma obrigação moral.

Receber o diagnóstico de demência causa um intenso impacto na vida de pacientes e familiares. O olhar de reconhecimento do outro é fundamental para a manutenção da identidade, e o trabalho do psicólogo é pensar junto do paciente sobre essa identidade, possibilitando uma nova construção de agente cuidador e permitindo que o familiar se questione sobre esse lugar que ocupa. A ideia é que o familiar/cuidador elabore criativamente o sofrimento e articule o acolhimento, o cuidado e a escuta, como um processo de transmissão que mantém o idoso integrado e vinculado à sociabilidade, surtindo efeitos satisfatórios sobre o seu estado emocional, bem como o de seus familiares/cuidadores. Devemos perseverar em obter momentos significativos, repletos de respeito, cuidado e carinho até o fim: é o que realmente importa na relação estabelecida.

> Nós só entendemos a dimensão da doença quando o esquecimento das pessoas amadas se faz presente. É um baque tremendo e a gente pensa que tudo acabou. Mas que nada! Depois a gente descobre que eles se esquecerão da gente todos os dias, mas que o amor deles por nós nunca será apagado (AGUZZOLI, 2015).

Todo trabalho deve favorecer uma melhor qualidade de vida para o idoso e para o cuidador, e, consequentemente, uma melhor assistência e a continuidade da disponibilidade familiar nessa árdua jornada.

> Nada apaga os momentos que tenho com ele. Sinto muitas saudades de como éramos, mas, hoje, cada gesto, cada fala, cada sorriso dele faz o meu coração sorrir. Meu pai é o nosso centro das atenções e a nossa alegria como sempre foi. Vamos sempre cuidar e amar (FILHA DE UM PACIENTE COM ALZHEIMER, 2022).

Que tal encaixar as peças do quebra-cabeça, com a transformação do viver, promovendo uma relação de qualidade, com a atenção voltada às necessidades de bem-estar do idoso vulnerável?

"Não que o dia a dia seja fácil. É muito difícil, mas com tudo isso a gente vive mais leve, e eles também, porque podem até perder alguns sentidos, mas o afeto eles não perdem. Só o amor fica" (Filha de paciente com Alzheimer, 2022).

REFERÊNCIAS BIBLIOGRÁFICAS

AGUZZOLI, F. **Quem, eu? Uma avó. Um neto. Uma lição de vida.** 2. ed. São Paulo: Paralela, 2015.

ASSOCIAÇÃO BRASILEIRA DE ALZHEIMER. **O que é Alzheimer**. São Paulo, c2019b. Disponível em: https://abraz.org.br/2020/sobre-alzheimer/o-que-e-alzheimer-2/. Acesso em: 15 abr. 2022.

BARROS, N.; QUEIROZ, E. Do corpo à subjetividade: um olhar psicanalítico sobre a doença de Alzheimer. **Kairós-Gerontologia**, São Paulo, v. 12, n. 5, 2009.

BORGHI, A. C. *et al.* Sobrecarga de familiares cuidadores de idosos com doença de Alzheimer: um estudo comparativo. **Rev. Latino-Am. Enfermagem**, Ribeirão Preto, v. 21, n. 4, [07 telas], jul./ago. 2013. ISSN 1518-8345 versão *online*. Disponível em: http://www.scielo.br/pdf/

rlae/v21n4/pt_0104- 1169-rlae-21-04-0876.pdf. Acesso em: 5 maio 2022.

BRASIL. Ministério da Saúde. Biblioteca Virtual em Saúde. **Doença de Alzheimer.** Brasília, DF: Ministério da Saúde, 2011. Disponível em: https://bvsms.saude.gov.br/doenca-de-alzheimer-3/. Acesso em: 4 maio 2022.

CAMPOS, G. W. S. Saúde pública e saúde coletiva: campo e núcleo de saberes e práticas. **Ciên. saúde coletiva**, Rio de Janeiro, v. 5, n. 2, p. 219-230, 2000. ISSN 1413-8123.

CESÁRIO, V. A. C. *et al.* Estresse e qualidade de vida do cuidador familiar de idoso portador da doença de Alzheimer. **Saúde debate**, Rio de Janeiro, v. 41, n. 112, p. 171-182, jan./mar. 2017. ISSN 0103-1104.

DUNKER, C. I. L. **Estrutura e constituição da clínica psicanalítica:** uma arqueologia das práticas de cura, psicoterapia e tratamento. 1. ed. São Paulo: Annablume, 2011.

DURANTE Alzheimer da mãe, Alexandre Borges pausou carreira para cuidar dela: 'Tentei não entrar em um espiral de desespero'. **O Globo**, Rio de Janeiro, 16 set. 2021. Disponível em: https://esportes.yahoo.com/noticias/durante-alzheimer-da-m%C3%A3e-alexandre-181413056.html?src=rss. Acesso em: 10 maio 2022.

FIGUEIREDO, L. C. A metapsicologia do cuidado. *In*: FIGUEIREDO, L. C. **As diversas faces do cuidar**: novos ensaios de psicanálise contemporânea. 2. ed. São Paulo: Escuta, 2012. p. 131-151.

FREUD, S. **A negação.** São Paulo: Cosac Naif, 2014 [1925].

GARRIDO, R.; ALMEIDA, O. P. Distúrbios de comportamento em pacientes com demência: impacto sobre a vida do cuidador. **Arq. Neuropsiquiatr.**, São Paulo, v. 57, n. 2b, p. 427-434, 1999. ISSN 1678-4227 versão *online*. Disponível em: http://www.scielo.br/pdf/anp/v57n2B/1447.pdf. Acesso em: 5 maio 2022.

GONÇALVES, M. T. A. **A experiência de familiares cuidadores de idosos com a doença de Alzheimer e os métodos de investigação utilizados junto a esta população.** 2009. Dissertação (Mestrado em Psicologia) - Instituto de Psicologia, Universidade Federal do Rio Grande do Sul, Porto Alegre, 2009.

LENARDT, M. H. *et al.* O idoso portador da doença de Alzheimer: o cuidado e o conhecimento do cuidador familiar. **Rev. Min. Enferm.**, Belo Horizonte, v. 14, n. 3, p. 301-307, jul./set. 2010. ISSN 2316-9389 versão *online*. Disponível em: http://www.reme.org.br/artigo/detalhes/120. Acesso em: 10 maio 2022.

MAZOCO, V. A.; SUGUIHURA, A. L. M.; WECHSLER, A. M. Impacto psicológico em cuidadores de pessoas com a doença de Alzheimer. **Psic. Sab. e Prát.**, Bebedouro, v. 1, n. 1, p. 69-76, 2017. ISSN 2595-6272.

MEU PAI. Direção: Florian Zellen. Inglaterra: F comme Film; Trademark Films; Cine@, 2020. 1 DVD (97 min).

MORAES, E. N. **Princípios básicos de geriatria e gerontologia.** Belo Horizonte: Coopmed, 2008.

PECCOLI, V. Alexandre Borges revela drama com a mãe: "Não é fácil". **Terra**, [s. l.], 2021. Disponível em: https://spinoff.com.br/entrete/alexandre-borges-revela-drama-com-a-mae-nao-e-facil/. Acesso em: 30 abr. 2022.

SAMPAIO, Jana. Alexandre Borges conta como parou tudo para cuidar da mãe com Alzheimer. Revista Veja, 2021. Disponível em: https://veja.abril.com.br/saude/alexandre-borges-conta-como-parou-tudo-para-cuidar-da-mae-com-alzheimer/#:~:text=Percebi%20que%20a%20cabe%C3%A7a%20da,lembrava%20o%20que%20havia%20almo%C3%A7ado.
Acesso em: 30 abr. 2022.

SEIMA, M. D.; LENARDT, M. H. A sobrecarga do cuidador familiar de idoso com Alzheimer. **Textos & Contextos**, Porto Alegre, v. 10, n. 2, p. 388-398, ago./dez. 2011.

VORCARO, A. Psicanálise e método científico: o lugar do caso clínico. *In*: KYRILLOS, F. N.; MOREIRA, J. O. **Pesquisa em psicanálise**: transmissão na universidade. Barbacena: EdUEMG, 2010.

CAPÍTULO III

Mangia che ti fa bene!

Alexandra Amadio Belli
Maisa Fagundes Paula

> O comportamento relativo à comida liga-se diretamente ao sentido de nós mesmos e à nossa identidade social, e isso parece valer para todos os seres humanos. Reagimos aos hábitos alimentares de outras pessoas, quem quer que sejam elas, da mesma forma que elas reagem aos nossos (MINTZ, 2001, p. 31).

Para a minha família, principalmente para o *babbo*, qualidade de vida está relacionada ao bem-estar pessoal, e aí estão inclusos, entre tantos aspectos de saúde e de estilo de vida, os cuidados com a alimentação e o equilíbrio nutricional.

Novamente meu *babbo* ocupando a posição de um visionário de sua geração, tomou todos os cuidados com a alimentação, sob uma perspectiva nutricional, desde o meu nascimento! Aprendemos a utilizar produtos os mais naturais possíveis, com suas ações na horta e com suas orientações e solicitações para a mamãe.

Ele, sempre que lia algo a esse respeito, trazia do trabalho para casa um xerox em mãos, para nos sensibilizar e estimular a mamãe a cozinhar segundo esse princípio, então cresci tomando suco de frutas naturais feito na hora de consumir, comendo molho de tomate feito com todo o amor por ela, nada de enlatado, refrigerante só raramente, além de tantos outros feitos que deixo para mencionar no decorrer do texto, sendo que esses hábitos e regras seguem assim até hoje!

Diante desse fato, o que importa também à nossa família, em especial para o *babbo*, é saber se foi a mamãe quem fez, pois assim envolve amor, dedicação e, principalmente, o sabor agradável ao seu paladar! Isso era tão valioso, que receber um elogio do *babbo* por uma comida que fiz era quase a mesma sensação de estar recebendo um Oscar, afinal, sempre foi difícil concorrer com as habilidades culinárias da mamãe!

Durante a minha infância, a noção de alimento saudável também estava ligada a uma "não ameaça", a uma segurança da ingestão de alimentos que chamávamos "bons" e que "não faziam mal"; portanto, era comida que não apresentava perigo à nossa saúde. Afinal de contas, foi "a mamãe quem fez, pode comer, está bem saudável!".

O conceito de alimentação saudável, então, foi sendo construído e aprimorado com o passar do tempo, ficando clara sempre a ideia de uma alimentação capaz de oferecer ao corpo os nutrientes necessários para o seu bom funcionamento, para se gozar de saúde e boa qualidade de vida, sem esquecer do amor da mamãe no preparo.

Contudo, as refeições, conforme o *babbo* nos ensinou, vão além desse momento de repor nutrientes ao corpo apenas para satisfazer necessidades biológicas; o ato de comer é visto como algo prazeroso, familiar e um momento de degustação e estreitamento de relações.

Sabemos que a alimentação é uma necessidade biológica, uma condição de sobrevivência, mas entendemos que ela também está associada a aspectos socioculturais historicamente construídos pela humanidade. Os hábitos alimentares expõem, portanto, a identidade e costumes das pessoas, das famílias ao longo do tempo e espaço.

A alimentação, portanto, é determinada a partir de condições sociais, geográficas, econômicas, culturais, religiosas e emocionais. Assim, as crenças e tradições são introduzidas na prática e nas relações que envolvem o ato de comer.

De acordo com o *babbo*, não somente o ato de comer, mas também a culinária possui significados e simbolismos para as pessoas, propiciam um espaço e uma forma de comunicação em que o indivíduo pode se revelar!

Daí ele valorizar tanto os momentos das refeições e seu preparo, considerando a oportunidade perfeita para reforçar a comunicação efetiva e os laços afetivos entre as pessoas da família, através da exposição das ideias, dos interesses, das opiniões... Então, o alimento era visto em nossa família como um prazer gustativo, psicológico e social, pois é proveniente das relações sociais criadas em torno das refeições!

Alimentar-se envolvia a relação com o outro, eram momentos de olho no olho, de aprender a escutar e a falar, e de trocar experiências. Ninguém saía da mesa sem que todos terminassem a comida e a fala, não importando o teor do papo, podia ser sobre amenidades, brincadeiras, divisão de preocupações ou discussão de problemas, fatos ocorridos no dia, o importante era compartilhar. Era um ritual, de certa forma natural, que fluía quando eu era pequena, apesar de não entender muito bem, e que hoje procuro praticar com minha família. Reconheço sua importância!

Durante a semana, compartilhávamos apenas o jantar juntos, pois ele almoçava na fábrica com os amigos, com quem partilhava suas ideias; a conversação era presente, mesmo que transitória ou limitada àquele momento.

Os nossos almoços na infância tinham outro caráter, eram normalmente mais descontraídos, as conversas surgiam entre nós, filhos, com assuntos de interesse da nossa idade ou, então, as conversas eram com a mamãe sobre a organização da nossa rotina ou às vezes momentos de estudo, aproveitando os últimos instantes antes de sairmos para as aulas. Já durante a adolescência, o almoço era mais relaxado, afinal, podíamos comer na sala de televisão, espalhados pelo sofá, e aproveitávamos ali mesmo para descansar um pouquinho antes de iniciar as tarefas de casa!

Penso que a minha habilidade de interação social, que, segundo alguns amigos, é extraordinária, tenha sido desenvolvida nesses momentos de jantar em família, afinal, sempre foi um ambiente seguro e acolhedor que me permitia falar o que sentia e necessitava.

Nos finais de semana, as refeições não seguiam uma rotina, muitas vezes ocorriam no clube ou em restaurantes de que gostávamos ou, ainda, se tornavam grandes ocasiões de festas entre amigos! Os famosos churrascos! Independentemente do momento, quando o *babbo* estava junto, sua marca registrada era o copo de vinho sobre a mesa, o símbolo da interação social para ele, a ponto de nunca se servir sem antes oferecer aos outros.

Diversos estudos recentes sobre alguns aspectos da alimentação, principalmente os relacionados à melhora da saúde e da diversificação e sofisticação de cardápios, atribuem um novo significado à comida e ao ato de cozinhar. A culinária deixa de ser uma tarefa exclusivamente feminina e ganha um novo significado, sendo muitas vezes relacionada à expressão de criatividade, à oportunidade formal de trabalho e ao momento de expressão social!

Em minha família, ainda se mantém o ato de cozinhar nas mãos das mulheres, mas com certeza por uma questão de opção e habilidades. Nunca vi o *babbo* na cozinha, a não ser para elogiar o que a mamãe estava cozinhando, que por sinal acabou se especializando em pratos italianos para agradá-lo! Mas, por ser filha de alemão e croata, desenvolveu e criou pratos variados, ricos, como também adaptados à nossa condição brasileira.

Para se ter uma ideia do que escrevo aqui, sempre escutei que o arroz e o feijão fazem parte do cardápio diário do brasileiro, mas, com certeza, em nossa família isso não é bem assim; o que não falta em nosso cardápio, na maioria dos dias, é uma deliciosa e caprichada macarronada, dos mais variados jeitos...

Recentemente, li que existe a hipótese de a globalização (aproximação econômica, política, social e cultural entre diversas sociedades) destruir ou dificultar a permanência das tradições, como as culinárias, ou até mesmo criar um certo desprezo aos antigos hábitos. Por outro lado, pode reforçar a identidade local resgatando valores de determinadas culturas (HALL, 2006). Refletindo a respeito, acredito que a segunda condição se aproxime mais do contexto de minha família.

Atualmente, procuramos reproduzir e manter vivas algumas receitas que retratam a nossa origem, e, para falar a verdade, com o passar dos anos, quem mais tem feito isso é minha querida alma gêmea, minha irmã! Trato aqui do termo "reprodução", e não propriamente de produção das receitas, em razão do conhecimento científico que temos hoje sobre "comida saudável", alimentos *light* e *diet*, alimentos com zero por cento de gordura. Enfim, minha irmã está adaptando alguns ingredientes novos a essas receitas. Até porque as pessoas de nossa família estão envelhecendo e necessitam de uma alimentação mais adequada a esse momento de vida.

Quero fazer uma ressalva ao falar em envelhecimento referindo-me ao *babbo*. Aquele conceito de velhice como sendo um período em que ocorre uma diminuição do ritmo de vida, em que o indivíduo apresenta piores condições de saúde e acaba limitando suas atividades e autonomia, não o atingiu até pouquíssimo tempo.

Pelo contrário, continuou e aprimorou seus movimentos, tendo mais tempo para a prática de suas caminhadas diárias, para a musculação com os amigos e para os exercícios com a enxada nas mãos, como ele mesmo adorava mencionar. Tinha uma "barriga tanquinho" invejável. Sempre que envolvia uma atividade com a família, lá estava ele, por exemplo, nos passeios de bicicleta no bairro em que morava ou na praia.

Essa velhice como sinônimo de limitação, decadência, repouso, calmaria, entre tantos outros estigmas, nunca fez parte de sua rotina até o agravamento do Alzheimer. Nem mesmo durante o tratamento de quimioterapia que teve de realizar aos setenta e nove anos devido ao câncer de intestino.

Nesse momento de vida, quando chegava em casa após as severas sessões de quimioterapia, comia um farto prato de comida, incluindo a macarronada, e tinha disposição para trabalhar na horta, só não ia até lá porque minha mãe literalmente brigava com ele para que repousasse um pouquinho e não tivesse contato com o esterco natural que lá existia.

Para ele, essa fase da vida – o envelhecimento – significou a construção de novos projetos, como cuidar de seu jardim e horta em tempo integral, brincar com as netas, compartilhar momentos agradáveis com o cachorro, e não a espera da morte. Para isso, tenho certeza de que sua alimentação e cuidados com uma nutrição balanceada, ao longo de sua vida, o ajudaram e nos fez reconhecer a necessidade de continuar olhando para essa questão, só que agora com mais atenção!

É de consenso familiar que esse momento de vida requer cuidados especiais, pois o funcionamento, e o metabolismo do organismo de um idoso, passa por modificações, apresentando alterações fisiológicas, tais como a redistribuição da massa corporal, a diminuição do metabolismo basal, alterações no funcionamento digestivo, mudanças na percepção sensorial e a redução da sensibilidade à sede (NASCIMENTO, C. *et al.*, 2011; MOTTA; AGUIAR, 2007).

Até o momento da quimioterapia, ou seja, até os setenta e nove anos, ele não manifestava qualquer enfermidade típica da idade, apresentando um quadro clínico perfeito, sem a presença de doença alguma, e, portanto, não fazia uso de nenhuma medicação que pudesse interferir em sua rotina.

Após esse período, começou a apresentar um certo comprometimento cognitivo, que foi percebido inclusive por exames de imagens cerebrais, realizados a princípio para a avaliação de possíveis metástases provenientes do quadro do câncer de intestino. Felizmente não se observou metástase, e foi possível o diagnóstico precoce da doença de Alzheimer.

Começou a tratar o Alzheimer e seguiu com um sutil comprometimento de sua memória recente. Assim ele seguiu até janeiro de 2020, quando o quadro começou a ser agravado, provocando uma dificuldade em se alimentar.

Santos e Delani (2015) relatam que idosos acima de setenta anos podem apresentar dificuldades e alterações sensoriais relacionadas aos alimentos e sua ingestão, provocando a diminuição do consumo alimentar, e que a sensibilidade para os gostos primários e a eventual perda da acuidade visual, auditiva e olfativa podem contribuir para esse fato.

No caso do *babbo*, acreditamos que, além dos fatores explícitos acima, o Alzheimer tenha contribuído para o agravamento da situação. Nesse momento, toda a família, principalmente minha mãe, interveio no sentido de ajudá-lo a conviver com a situação.

Foram estabelecidos horários regulares e mais rigorosos para as refeições, não o deixando ficar sem se alimentar por um período longo. Os intervalos das refeições foram diminuídos e foram acrescentados suplementos alimentares, a princípio orientados pela geriatra que o atendia.

Com o agravamento da deglutição, tivemos também que alterar a consistência dos alimentos, e, com a preocupação com uma possível aspiração pulmonar de pequenas partículas de alimentos, as refeições passaram a ser angustiantes para o *babbo*, afinal, a cada micro colherada, ele se engasgava.

Nesse momento, começamos a presenciar a perda de peso, apesar de todos os nossos esforços e o empenho do próprio *babbo* em se alimentar. Ficava nítido para toda a família que ele começava a passar fome! Que tristeza!

Procuramos um médico especialista que pudesse ajudar-nos além da geriatra, entramos com os trabalhos de uma fonoaudióloga, mas não tivemos sucesso, e ele continuou a perder peso, a ponto de pesar apenas quarenta e nove quilos e se enquadrar num caso de subnutrição.

A preocupação se acentuou, para não dizer desespero, pois não podíamos persistir nessa situação para que não ocorresse um comprometimento dos órgãos vitais e agravasse a condição de saúde dele. Ele era, até esse instante, um homem com muitos momentos de lucidez, sem qualquer comprometimento de mobilidade, e muito ativo. Existia nele a vontade de viver... de agir... de prosseguir!

O que vamos fazer? Era a pergunta que todos faziam. Não podemos deixar o *babbo* morrer de fome!

Nessa mesma ocasião, surgiu uma fala de desabafo e de desespero do meu *babbo*: "Filha, não aguento mais!!!". Não vou me esquecer jamais desse momento na minha vida!

Ouvi isso ao insistir com ele para comer... Já fazia algumas horas que não comia. Imaginem a cena: eu, com um pratinho de fruta amassada, caminhando pelo jardim e conversando, oferecendo com uma colher de café essa fruta, na esperança de que ele ingerisse minimamente uma pequena porção.

Ao escutar essa frase e olhar profundamente em seus olhos, não tive dúvida de que realmente ele não conseguia mais comer. Imediatamente disse a ele: "Acalme-se, *babbo*, vamos resolver isso, não precisa sofrer mais!". Entrei em casa, peguei meu celular e fiz uma chamada de vídeo no grupo que eu e meus irmãos temos no WhatsApp.

Nesse momento, estou falando do final de agosto de 2020, eu me encontrei mega emocionada, chorando, e disse aos meus irmãos: "Chega, precisamos de alguma solução e é para já!". Foi aí que decidimos com o médico fazer uma gastrostomia (GTT), afinal, ele ainda era muito ativo, e poderíamos "matá-lo" de fome.

A gastrostomia é um método que fornece dieta ao paciente por meio de uma sonda colocada no estômago, acessível através da pele do abdome (implantação percutânea), garantindo um suporte nutricional adequado.

Nesse contexto todo, tínhamos também o agravamento da pandemia de COVID-19! A colocação da sonda gástrica ocorreu em um momento mega crítico, mas foi a única opção, pois o *babbo* também havia parado de ingerir água, havíamos chegado a uma emergência, não havia mais tempo para aguardar um melhor contexto!

Foi assim que ele foi levado ao hospital, teve que ficar em uma área de COVID-19, sendo exposto ao contágio do vírus, até que fossem negativados três testes de COVID! Esse processo demorou enormemente, foram sete dias para que conseguíssemos transferi-lo para uma ala não COVID-19! Ainda não consigo engolir essa condição, enquanto na capital de São Paulo, em um hospital particular, o resultado saía no máximo em quatro dias, no interior, onde ele mora, a situação era caótica!

Infelizmente minha mãe também estava na mesma condição, porque precisou acompanhá-lo nesse momento. Ele se recusava a ficar sem a presença dela. E os médicos não queriam sedá-lo, para não comprometer ainda mais o estado clínico dele.

Ao ser levado para a ala não COVID-19, ainda aguardamos por dois dias para a realização da gastrostomia, até que fosse liberado o horário no centro cirúrgico e um leito de UTI, caso ele precisasse – pelo menos, esses foram os argumentos do hospital pela demora.

Feita a gastrostomia, ainda permanecemos no hospital para um estável quadro clínico com relação à adaptação do uso de alimentação enteral. Também, e somente nesse momento, fomos informados da estrutura que precisaríamos ter em casa para dar continuidade à rotina que havia iniciado no dia 8 de setembro de 2020.

Sinceramente, não fazíamos ideia de tudo que isso significaria para ele e para a família, o quanto mudaria a nossa vida a partir daquele momento, até porque o quadro de Alzheimer, que era suave, devido ao longo período de internação, acabou se agravando.

Em poucos minutos, e por telefone, contatei meus irmãos, pois era eu quem o acompanhava nesse momento no hospital, montamos um mutirão de ações para as providências, desde a contratação de enfermeiras que nos pudessem ajudar e ensinar a fazer a alimentação enteral, para acomodar a situação em casa com todos os cuidados necessários, à contratação de uma nutricionista que pudesse acompanhá-lo e fizesse um plano alimentar de recuperação de peso e condição nutricional adequada para a idade e o quadro clínico, bem como a compra de todos os acessórios, dieta enteral e medicações.

Com isso tudo estruturado, saí do hospital com ele com a sensação de alívio por tudo ter ocorrido bem, apesar da situação dos onze dias de internação! Com a minha mãe extremamente abalada com toda a situação e com as novidades na rotina, eu e minha irmã decidimos passar uma temporada com o *babbo*, para dividirmos as responsabilidades dos cuidados para com ele. Ficamos lá por mais de quatro meses, até que conseguíssemos montar uma estrutura de cuidadoras para suportá-los, no caso, o meu *babbo* e a mamãe!

Graças a Deus, eu e minha irmã, com nossos maridos maravilhosos e parceiros, conseguimos permanecer lá, porque estávamos trabalhando *on-line* devido à COVID-19. E eu e minha irmã fazíamos um rodízio nesses cuidados, viramo-nos muito bem e aprendemos a realidade dessa nova rotina, adequando tal realidade da melhor forma possível, capaz de propiciar uma boa qualidade de vida e bem-estar principalmente para o *babbo*.

Nesse período, o apoio profissional da Maísa, a nutricionista que o atende até os dias atuais, foi fundamental e de grande importância, pois ela conseguiu recuperar a condição nutricional adequada para o *babbo* e o retorno ao seu peso ideal, apesar de todos os percalços, como o difícil e satisfatório funcionamento do intestino, a escolha ajustada da dieta enteral e tantos outros ajustes e adaptações necessárias nesses quase dois anos.

Diante disso, convidei-a a participar aqui conosco, contribuindo para os relatos desta caminhada que a nossa família está vivendo com sucesso, apesar de todo o desgaste e sofrimento ao ver um homem imensamente ativo se desligando deste mundo e perdendo sua energia vital!

Seguem abaixo as palavras da Maísa!

Alzheimer e nutrição

A expectativa de vida aumenta cada vez mais; em contrapartida, segundo estudos recentes, há um aumento da incidência das doenças neurodegenerativas, especialmente em países desenvolvidos.

A doença de Alzheimer (DA) é uma das principais causas de demência, considerada progressiva e sem cura. Embora não exista cura, há fatores modificáveis do cotidiano, como a alimentação, que pode retardar o início ou a progressão da doença.

Novos estudos relatam que uma alimentação saudável está associada a um melhor desempenho das funções cognitivas. As estratégias alimentares são: dieta mediterrânea, dieta DASH (Dietary Approaches to Stop Hypertension) e dieta MIND (Mediterranean-DASH Intervention for Neurodegenerative Delay).

Elas têm muito em comum e são baseadas em uma alimentação anti-inflamatória, rica em gorduras monoinsaturadas, oleaginosas (amêndoas, castanhas, amendoins, nozes etc.), vinho, flavonoides de frutas e hortaliças, café, cacau acima de 70%, carnes brancas, grãos integrais, laticínios com baixo teor de gordura, folhas verde-escuras e baixa ingestão de carnes vermelhas, bebidas açucaradas e gaseificadas, alimentos ricos em açúcar, industrializados e processados.

Uma alimentação balanceada, baseada nesses alimentos, que possuem fatores neuroprotetores, tem a capacidade de menor produção de radicais livres, que causam declínio cognitivo.

O processo de alimentação em um paciente com DA pode variar muito, há pacientes que se alimentam sem nenhum tipo de modificação na dieta, há os que já precisam de adaptações na consistência e há aqueles que não conseguem mais se alimentar por via oral e necessitam de dieta enteral para sua nutrição. Isso vai depender muito do grau de avanço da doença, sendo necessários esses tipos de modificações.

É muito importante os familiares estarem sempre atentos à alimentação desse paciente, pois a doença faz ele se esquecer de como se alimentar, como deglutir os alimentos, sendo necessária muita paciência e vários comandos para auxiliar essa alimentação. Quando o paciente necessita de modificação da consistência dos alimentos – ou seja, não consegue mais consumir alimentos duros, crus, pois é normal acontecer o desuso da musculatura do trato gastrointestinal, mais conhecido como disfagia –, é importante o acompanhamento com a fonoaudióloga e nutricionista para que se avaliem as necessidades de modificação dessa dieta e suplementação nutricional, evitando engasgos, desnutrição, desidratação.

Esse cuidado é de extrema necessidade para que o paciente tenha uma qualidade de vida, apesar da doença, evitando que o Alzheimer avance rapidamente. Cuido do *babbo* Amadio há quase dois anos e pude acompanhar toda a sua transição alimentar para a dieta enteral. Um fator determinante em seu tratamento e nutrição é o empenho da família e em conjunto; hoje podemos dizer que ele é um paciente saudável, nutrido e muito bem cuidado. Tenho um imenso carinho, admiração tanto por ele quanto pela família, que me emociona com seus feitos, sem contar o homem maravilhoso, generoso, bondoso que foi e ainda é, minha eterna gratidão por cuidar do *babbo* Amadio (CAMPOS, L.; VALENTE; ANDRADE, 2020).

REFERÊNCIAS BIBLIOGRÁFICAS

CAMPOS, L. F.; VALENTE, G. M.; ANDRADE, L. N. Abordagem nutricional na prevenção do déficit cognitivo e da doença de Alzheimer. *In*: SECAD ARTMED. PRONUTRI - Programa de Atualização em Nutrição Clínica: Ciclo 9. Porto Alegre: Artmed Panamericanas, 2020. p. 39-55. (Sistema de Educação Continuada a Distância; v. 1).

HALL, S. **A identidade cultural na pós-modernidade.** 11. ed. Rio de Janeiro: DP&A, 2006.

MINTZ, S. W. Comida e antropologia: uma breve revisão. **Rev. bras. Ci. Soc.**, São Paulo, v. 16, n. 47, out. 2001. ISSN 1806-9053 versão *online*. DOI: https://doi.org/10.1590/S0102-69092001000300002. Disponível em: https://www.scielo.br/j/rbcsoc/a/tbHWcbmyDz8N59zqkZX7zsS/abstract/?lang=pt. Acesso em: 3 jan. 2021.

MOTTA, L. B.; AGUIAR, A. C. Novas competências profissionais em saúde e o envelhecimento populacional brasileiro: integralidade, interdisciplinaridade e intersetorialidade. **Ciênc. saúde coletiva**, Rio de Janeiro, v. 12, n. 2, p. 363-372, abr. 2007. ISSN 1413-8123.

NASCIMENTO, C. M. *et al.* Estado nutricional e fatores associados em idosos do município de Viçosa, Minas Gerais, Brasil. **Cad. Saúde Pública**, Rio de Janeiro, v. 27, n. 12, p. 2409-2418, dez. 2011. ISSN 0102-311X.

SANTOS, T. F.; DELANI, T. C. O. Impacto da deficiência nutricional na saúde de idosos. **Uningá Review**, Maringá, v. 21, n. 1, p. 50-54, jan./mar. 2015. Disponível em: http://www.mastereditora.com.br/periodico/20150101_115437.pdf. Acesso em: 2 mar. 2017.

CONSIDERAÇÕES FINAIS

Aprendemos muito com tudo isso, principalmente a viver um dia de cada vez e valorizar cada gesto, sorriso ou palavra emitida pelo *babbo*, como sinal de esperança, fé e alegria na vida!

"Piano piano si va lontano!", isto é, "devagar, devagar você vai longe!". Palavras ditas por ele ao longo de toda a sua vida, diante do nosso desespero ou descontrole!

É como se eu o ouvisse dizer: "Calma, filha, tudo vai dar certo! Todo problema tem solução!".

Só me resta expressar: TE AMO, *BABBO*!

OS LIVROS SÃO ESPELHOS DA ALMA.
VIRGINIA WOOLF

ESTA OBRA FOI COMPOSTA PELA SPRESS EM GUARDIAN (TEXTO) E
GOTHAM (TÍTULO) E IMPRESSA EM PAPEL PÓLEN SOFT 80G/M²
NO MIOLO E LAMINAÇÃO FOSCA E CARTÃO SUPREMO 250G/M² NA CAPA
PELA ESKENAZI PARA A LINOTIPO DIGITAL EDITORA
E LIVRARIA LTDA., NO INVERNO DE 2022.